W0341158

KNAUR

Über die Autorin:
Adriana Popescu alias Carrie Price, 1980 in München geboren, arbeitete als Drehbuchautorin, bevor sie als eine der ersten deutschen Self-Publishing-Autorinnen mit »Versehentlich verliebt« einen Riesenerfolg hatte. Weitere Romane der Autorin sind mittlerweile ebenfalls erschienen, im Herbst 2015 wird Adriana Popescu ihr erstes Jugendbuch veröffentlichen.

CARRIE PRICE

GEFÜHLSBEBEN

Make it count

Roman

KNAUR

Besuchen Sie uns im Internet:
www.knaur.de

FSC
www.fsc.org
MIX
Papier aus verantwortungsvollen Quellen
FSC® C083411

Originalausgabe Dezember 2015
Knaur Taschenbuch
© 2015 Knaur Verlag
Ein Imprint der Verlagsgruppe
Droemer Knaur GmbH & Co. KG, München
Alle Rechte vorbehalten. Das Werk darf – auch teilweise – nur mit Genehmigung des Verlags wiedergegeben werden.
Redaktion: Ilse Wagner
Covergestaltung: ZERO Werbeagentur, München
Coverabbildung: FinePic®, München
Satz: Adobe InDesign im Verlag
Druck und Bindung: CPI books GmbH, Leck
ISBN 978-3-426-51812-0

2 4 5 3 1

Für alle Simons da draußen.
Gone but never forgotten.

Kapitel 1

Die Scheinwerfer blenden mich, aber ich wehre mich gegen den Reflex, die Augen zu schließen. Ich will ihn kommen sehen, will ihm in die Augen sehen, wenn es passiert.

Keine Ausreden!

Kein Kneifen!

Nicht diesmal!

Ausweichen nicht erlaubt!

Die Schienen unter meinen Füßen vibrieren, und mein Herz klopft viel zu heftig gegen meinen Brustkorb. Zu viele Bilder meiner Vergangenheit rasen mir durch den Kopf – ich will lachen, weinen und schreien zugleich. Sekunden fühlen sich wie Minuten, nein, wie Stunden an.

Noch könnte ich es schaffen.

Nur ein Sprung.

Nur einige Schritte.

Nein, nicht diesmal!

Ich warte ... auf das, was danach mit einem passiert ...

Der leichte Sommerwind fühlt sich plötzlich wie ein ausgewachsener Sturm auf meinen nackten Armen an, zerrt an meinem leichten Top, das ich heute Morgen achtlos aus meinem Schrank im Wohnheim gefischt habe. Heute Morgen war alles noch okay, niemals hätte ich gedacht, dass es so weit kommen wird. Nie habe ich es so ernst gemeint wie heute. Aber ich habe nichts mehr zu verlieren …

Und dann tue ich es doch: Ich schließe die Augen.

Wie feige, Lynn, wie verdammt feige.

Fast meine ich, seine Stimme zu hören. Dabei kann das gar nicht sein. Viel zu lang hat er schon geschwiegen … kein Wort … nur eine Erinnerung an das, was einmal war. Er hatte die Augen geöffnet. Daran kann ich mich noch genau erinnern. Weil sein Blick panisch zu mir huschte, dazu dieses traurige Lächeln, das sich sooft auf sein Gesicht verirrt hat. Traurig, weil er wusste, dass es zu spät war.

Das Hupen klingt sehr nah. Nicht mehr so weit entfernt wie eben noch. Jetzt ist es zu spät. Jetzt hat sich alles entschieden. Meine letzte Mutprobe. Ich schließe die Augen, so fest ich nur kann, und balle die Hände zu Fäusten. So hätte es damals schon sein sollen. Zu meiner Erinnerung mischt sich eine ordentliche Portion Wut. Wut darüber, dass ich Dinge nicht mehr verändern kann. Ein letztes Mal hole ich tief Luft.

Der Aufprall tut weh und schüttelt mich so hart durch, dass mir kurz das Atmen schwerfällt und ich husten muss. So hatte ich es mir nicht vorgestellt. Irgendwie schlimmer, schmerzhafter und … *endgültiger*.

»Bist du komplett bescheuert? Was hast du dir dabei gedacht?«

Seine Stimme klingt viel zu laut in meinen Ohren, und das Gewicht seines Körpers drückt mich auf den harten Boden. Aber es ist nicht *seine* Stimme. Zögernd öffne ich die Augen und sehe in das Gesicht eines Mannes – in ein mir bekanntes Gesicht, das mir aber bei weitem nicht so vertraut ist, wie ich erwartet habe. Eisklare blaue Augen starren mich wütend an, seine hellbraunen Haare hängen ihm wirr in die Stirn, die Lippen sind leicht geöffnet. Er atmet schwer, und die Wut in seinem Blick trifft mich so heftig, wie es der Zug hätte tun sollen. Kurz bleibt mir nicht nur die Luft, sondern auch jegliches Sprachvermögen weg: Jared Parker.

»Du hättest draufgehen können!«

Er legt eine Hand an meine Wange und zwingt mich so, ihn anzusehen. Die Nähe seines Körpers will mich um den Verstand bringen, seine Haut auf meiner, sein Atem auf meinen Lippen. Nur Zentimeter trennen uns. Die Wut in seinem Blick weicht einem zärtlichen Ausdruck, als sein Daumen sanft meine Wange streichelt. Zu viel. Das ist zu viel.

»Das darfst du nicht machen, Lynn …«

Seine Stimme ist nur noch ein Flüstern, das lauter als der Wind und der vorbeirasende Zug klingt und mich an einer Stelle in meinem Inneren berührt, die ich für immer begraben wollte. Er darf das nicht tun. Nicht mit mir. Nicht heute Nacht. Er ist mir viel zu nah und wird meinen Herzschlag spüren können, so wie ich seinen spüren kann. Jareds Herz rast, und ich kann sehen, wie sein Brustkorb sich schnell hebt und senkt. Wenn ich noch eine Sekunde mit ihm hier liege, werde ich aufgeben. Zerbrechen unter seinem Blick. Wie gern würde ich das tun. Wie gern würde ich dem Impuls nachgeben, ihn zu küssen. Seine Lippen auf meinen zu spüren, seine Zunge zu schmecken, seine Hände auf meinem Körper …

Ich stoße ihn heftig und hart gegen die Brust und schiebe ihn von mir runter. Nein, ich darf nicht zerbrechen! Auch nicht bei ihm.

»Ich habe dich nicht darum gebeten, hier zu sein!«

Schnell bringe ich so viel Abstand wie möglich zwischen unsere Körper. Eigentlich will ich nicht schreien, aber nur so kann ich ihn von mir herabschubsen. Nur so kann ich sichergehen, dass er nicht wieder versuchen wird, mich zu berühren.

»Wenn ich nicht hier gewesen wäre, hätte dich dieser verdammte Zug bei voller Fahrt frontal erwischt!«

Er schreit wütend zurück, und ich sehe das verräterische Funkeln in seinen Augen. Er macht sich Sorgen. Ich kenne solche Blicke. Ja, der Zug hätte mich erwischt. Und ja, das sollte er auch. Nur zugeben kann ich es nicht. Weil ich eben doch so feige bin wie damals. Daran hat sich noch immer nichts geändert, und ich hasse mich dafür. Jeden Tag ein bisschen mehr.

»Bullshit! Ich wäre ausgewichen!«

Während ich ihm das förmlich ins Gesicht spucke, stehe ich auf und bemerke, wie sehr meine Beine zittern – aber ich will nicht, dass er es sieht. Er soll nicht bemerken, wie knapp das alles war ... Nicht der Zug. Damit hätte ich vielleicht umgehen können, aber nicht mit seinem Blick oder seiner Nähe.

Mit langsam fester werdenden Schritten gehe ich in Richtung meines Wagens, den ich irgendwo bei dem verlassenen Güterbahnhof geparkt habe. In der Nacht ist die Gegend hier nicht unbedingt der Ort, an dem sich College-Mädchen herumtreiben sollten. Als ob mich so was jemals interessiert oder von Dingen abgehalten hat. Das mag auch daran liegen, dass ich eben nicht das typische College-Mädchen bin. Und auch niemals sein werde.

»Lynn! Was sollte das?«

Zu dumm, dass er sich nicht abschütteln lässt und mir folgt. Natürlich. Wir reden hier noch immer über Jared. Der Jared, der sich allein schon aus beruflichen Gründen überall einmischen muss und der, wenn es sein muss, ordentlich austeilen kann. Nur ein Mal habe ich gesehen, wie der Faustschlag eines Typen mit der Statur eines Bären ihn zu Boden gezwungen hat. Sonst scheint ihm nichts und niemand etwas anhaben zu können. Ich werde mich nicht umdrehen, ich werde nicht mit ihm reden. Ich werde nicht den Fehler machen und ihn – ausgerechnet ihn – wieder so nah an mich ranlassen. Das habe ich mir geschworen, und daran werde ich mich festklammern.

Er packt mich am Oberarm und dreht mich zu sich um. Die Wut ist in seinen Blick zurückgekehrt.

»Du wolltest ausweichen?«

»Ich weiche den Zügen aus, seitdem ich laufen kann! Mach keine große Sache draus, ja?«

»Willst du mich verarschen?«

Seine Stimme zittert, als er lauter wird und ungläubig den Kopf schüttelt. Er soll sich um mich keine Sorgen machen. Was passieren soll, wird passieren. Das kann niemand aufhalten, so viel habe ich gelernt.

»Du standest wie erstarrt da! Was ist nur los mit dir?«

Zu viel, als dass er es verstehen würde. Zu viel, als dass ich es ihm erzählen könnte. Er war vorhin doch dabei, als Trevor in der Kneipe mal wieder auf den Putz hauen musste. Ich bin es leid, immer so tun zu müssen, als würden mich solche Sprüche nicht so hart treffen wie Faustschläge in einem Boxkampf.

»Lass mich los.«

Meine Stimme klingt erstaunlich ruhig und kühl, als ich auf seine Hand blicke, die meinen Oberarm noch immer fest umklammert hält. Wenn er mich nicht bald loslässt, kann ich für nichts mehr garantieren. Meine Wut, die Enttäuschung über mich, Trevor – das alles wirkt wie eine gefährliche Mischung in meinen Adern.

»Nur wenn du mir sagst, was das sollte.«

»Es war eine Mutprobe. Nicht mehr und nicht weniger.«

»Eine deiner berühmten Mutproben, ja?«

Er darf das Gerede von Trevor nicht glauben. Es ist Unsinn. Totaler Bullshit. Dennoch ist es besser als die Wahrheit. Ich kann die ehrliche Besorgnis in seinem Blick sehen, aber das gibt ihm nicht das Recht, sich als mein Beschützer aufzuspielen.

»Tu nicht so, als ob du mich kennst, Jared!«

Er zieht mich an sich, und ich pralle gegen seine muskulöse Brust, die sich deutlich unter seinem engen schwarzen T-Shirt abzeichnet. Mein Blick bleibt an seiner Kette hängen: Es ist die klassische Hundemarke eines jeden Soldaten. Jared Parker und die Army? So ganz kann ich ihn mir in Uniform nicht vorstellen. Langsam und ungewollt greift meine Hand nach seiner Kette.

»Wann warst du denn in der Army?«

Bevor ich sie mir genauer ansehen kann, reißt er sie mir aus der Hand. Erinnerungen ziehen durch seine klaren Augen, bevor er mich verletzt anfunkelt.

»Das geht dich nichts an!«

Er umschließt den Anhänger mit seiner Hand, und sein Blick lässt mich keine Sekunde los. Er ist, das wird mir hier auf dem Feld am Güterbahnhof schlagartig bewusst, ebenso zerbrochen, wie ich es bin. Wir sind kaputt und würden, wenn wir es zulassen, in den Armen des anderen nur noch mehr zerbrechen.

Wieder schaue ich auf seine Lippen, die so verlockend aussehen, so vielversprechend – und so verdammt verführerisch. Seine vollen Lippen … seine klaren Augen, die mich wie ein offenes Buch zu lesen scheinen … ich hasse ihn dafür! Weil er mir jedes Mal ein bisschen näherkommt und es mich jedes Mal mehr Kraft kostet, ihn wieder von mir zu stoßen.

»Belassen wir es dabei, dass wir beide unsere Geheimnisse haben.«

Ich mache mich von ihm los und marschiere direkt auf meinen Wagen zu. Sein Mustang parkt quer neben meinem, die Scheinwerfer brennen noch, und die Fahrertür steht offen. Ohne seinen Wagen oder ihn weiter zu beachten, steige ich in meinen Volvo und will den Schlüssel im Zündschloss drehen, aber Jared ist schneller. Bevor ich danach greifen kann, beugt er sich durch das geöffnete Beifahrerfenster und zieht den Schlüssel schnell aus dem Schloss. Ich sehe ihn irritiert an.

»Du glaubst doch nicht, dass ich dich so fahren lasse …«

»Jared, gib mir den verdammten Schlüssel!«

»Steig aus, ich fahre dich. Morgen können wir deinen Wagen abholen.«

Es macht mich wütend, dass er glaubt, sich so um mich kümmern zu können. Dabei sollte er es doch besser wissen. Hat er nicht oft genug zusehen müssen, wie ich mich gegen Kerle durchgesetzt habe, die größer und breiter waren als er? Ich brauche keinen Babysitter. Aber etwas in Jareds Blick lässt erahnen, dass er keine Ruhe geben wird.

»Komm schon. Ich fahre dich zum Wohnheim.«

Es mag an dem sanften Lächeln auf seinen Lippen liegen – oder sind es die blauen Augen, die mich so offen ansehen? Fast bin ich versucht, ihm zu vertrauen.

»Ich bin okay. Ehrlich.«

Mein Herz schlägt zu schnell, in meinem Kopf dreht sich alles, und meine Knie sind weich. Nur werde ich das nicht zugeben. Das habe ich nie. Angst ist ein Gefühl, das ich ausblende.

»Du zitterst.«

Jareds Stimme klingt sanft, er versucht, mich einzulullen in eine Lüge, die Geborgenheit verspricht. Meine Hände zittern tatsächlich, und schnell balle ich sie zu Fäusten, die ich fest gegen meine Oberschenkel presse. Er kann es nicht wissen, daher mache ich ihm keinen Vorwurf. Er will nur nett sein. Wenn er mich vielleicht eine Straße vor dem Wohnheim rauslässt und keiner mitkriegt …

»Okay.«

Zögernd steige ich aus meinem Volvo und schlage die Wagentür zu. Wenn ich mir schon die Blöße gebe und mich von ihm in seinem Schlitten nach Hause fahren lasse, dann kann ich zumindest so tun, als wäre ich nicht begeistert. Fassade! Das ganze Leben ist Fassade, und jeder spielt das Spiel auf seine Weise. Auch Jared, das kann ich sehen, besitzt diese Fassade und versucht, sie mit allen Mitteln aufrechtzuerhalten. Als ich um den Wagen herumtrete, will er wieder nach meinem Arm greifen, aber ich weiche aus.

»Laufen gelingt mir noch ganz gut.«

Er hebt abwehrend die Hände, deutet auf seinen Mustang und lächelt.

»Daran habe ich keinen Zweifel. Einsteigen, bitte!«

Ich will nicht mehr dagegen ankämpfen und steige auf der Beifahrerseite ein. Mein Körper fühlt sich schlapp und müde an. Nicht wegen dem, was passiert ist, sondern wegen den lebhaften Bildern meiner Erinnerungen, die mich jedes Mal aufs Neue verdammt viel Kraft kosten. Jared schwingt sich auf den Fahrersitz und wirft mir einen letzten besorgten Blick zu, bevor er den Motor startet. Ich will mich bedanken, weil er im richtigen Moment da war, aber mein Mund fühlt sich trocken und taub an. Mein Lächeln muss das sagen, was ich noch nicht aussprechen kann. Jared nickt lächelnd und biegt auf die Straße ein.

»Wirklich alles okay?«

Ich nicke. Nichts ist okay. *Belassen wir es dabei, dass wir beide unsere Geheimnisse haben.*

Es mag nur ein Satz gewesen sein, den er vorher gesagt hat. Nur Worte. Worte, die meine Mauer durchbrochen und die einzige wunde Stelle berührt haben – eine Wunde, die nicht heilen will.

»Komm. Ich fahr dich heim.«

Das Wohnheim des Kensington Colleges liegt, wie alles um diese Uhrzeit, im Dunkeln. Kaum einer ist noch unterwegs, morgen sind Vorlesungen. Die meisten Studenten brauchen ihren Schönheitsschlaf, in dem sie von ihrem aufregenden College-Alltag an dieser Institution träumen. Leider ist dieser weder aufregend noch besonders träumenswert. Alles in allem ist es ein öder Zeitvertreib, bevor abends die Bars in unserem Viertel öffnen und sich alle für ein bisschen Spaß dort treffen. Die klassischen College-Bars reihen sich hier an einer Straße dicht an dicht, aber mich sieht man dort eher selten, denn man trifft die gleichen Gesichter wie hier auf dem Campus. Die Mädchen mit ihren langen blonden Haaren und ihrem perfekten Make-up ebenso wie die Jungs in ihren klassischen rot-weißen Collegejacken, die damit wie eine absurde Herde von Lemmingen aussehen. Dazu passen Kurzhaarschnitt, Zahnpastalächeln und die sich immer wiederholenden Aufreißersprüche. Aber, und das hält mich am Leben, es ist vorhersehbar, ungefährlich – und es tut nicht weh. Hier fühle ich mich sicher, ohne es zugeben zu müssen.

Jared konnte ich nicht davon überzeugen, mich einige Straßen vorher aussteigen zu lassen, und so begleitet er mich durch den Flur zu meinem Zimmer. Obwohl ich vehement widersprochen habe, hat er nicht lockergelassen.

»Schick hier.«

Das habe ich an meinem ersten Tag hier auch gedacht. Aber alles in allem ist es nicht anders als sonst wo. Nur die hohen Decken und die eindrucksvollen Namen der ehemaligen Studenten auf den Listen sind besonders imponierend. Was ich ihm hoch anrechne, ist die Tatsache, dass er nicht gefragt hat. Obwohl ich spüren kann, dass ihn mein Verhalten von vorhin noch immer ziemlich verwirrt. Wenn ich ehrlich bin, würde ich ihm so gern alles erklären. Ihm sagen, wie es in mir aussieht, wie viel mir seine Reaktion bedeutet hat. Alles nur, weil er gesehen hat, wie verletzt ich bin. Ohne zu wissen, wieso? Ohne zu fragen. Aber wenn ich ihn einmal so nah an mich ranlasse, wenn ich ihm einmal einen Blick auf alle zertrümmerten Teile meines Innenlebens gestatte, dann …

»Hör mal, Jared, ab hier kann ich das allein.«

Ich bleibe stehen, und er tut es mir gleich, auch wenn er es ganz offenbar nicht will. Er war heute einfach plötzlich da. Aus dem Nichts. Und jetzt möchte ich, dass er geht. Ich will ihm nicht so nah sein, wie ich es bin. Langsam nickt er.

»Wenn du meinst.«

Verdammt noch mal, er soll einfach gehen! Ich will nicht gezwungen sein, Dinge zu sagen oder zu tun, die ich irgendwann bedauere. Ich hasse es, hinter die Fassade verschwinden zu müssen, die mich vor Situationen wie diesen beschützt. Wenn er aber nicht lockerlässt, zwingt er mich dazu, die Lynn zu werden, die mich am Leben hält – und mich vor Abstürzen wie dem jetzigen bewahrt.

»Gute Nacht.«

Er macht einen Schritt auf mich zu. Wieso ich ihn nicht aufhalte, weiß ich selbst nicht, aber in seiner Nähe scheint mein Körper wie gelähmt. Nur die Hitze schießt durch mein Inneres, als würde ein Feuerspucker in meinem Unterleib das Kommando übernehmen. Jared legt die Arme um mich, sanft und langsam. Er gibt mir Zeit, ihn aufzuhalten, mich zurückzuziehen. Seine Wange streift meine, und obwohl alle Alarmglocken in meinem Kopf sehr laut schrillen, lege auch ich meine Arme um ihn und spüre, wie gut es sich anfühlt, wenn er mich in seinen starken Armen hält. Wie gut sich die Haut an seinem Hals anfühlt. Wie unverschämt gut er riecht, selbst nach einem langen Arbeitstag. Mein Herz trommelt gegen meine Brust, und ich kann nur hoffen, dass er es nicht spürt.

»Pass bitte auf dich auf, Lynn.«

Ich schließe schnell die Augen, verdränge alle Bilder, Gedanken und Gefühle dorthin, wo ich sie nicht sehen oder fühlen kann. Das gelingt mir sonst mit Leichtigkeit. Nur bei Jared, da bricht alles, was sonst wie eine Festungsmauer wirkt, wie ein Kartenhaus in sich zusammen.

»Sonst muss ich es tun.«

Er lehnt sich ein bisschen zurück, bringt nur so viel Abstand zwischen uns, damit er mich ansehen kann. Seine blauen Augen wirken traurig, sein Lächeln matt. Wieso tut er das? Wieso?

Seine Hand berührt meine Wange, und eine Gänsehaut überzieht meinen Körper. Als ob heute nicht schon genug passiert ist.

»Versprichst du mir das …?«

Seine Stimme ist fast so nah wie seine Lippen, die so verführerisch sind. Noch immer hat er einen Arm um meine Hüfte gelegt und zieht mich langsam wieder näher an sich heran, was ich geschehen lasse. Das Eis ist verdammt dünn, schon meine ich, es knacken zu hören. Das ist ein Fehler. Er ist nicht anders. Oder …?

Ich spüre seinen Atem auf meinen Lippen und öffne sie automatisch, so, als ob er das Passwort für mich kennt. Als könnte er ohne Widerstand direkt in mein Herz marschieren. Mein Kopf warnt mich, mein Herz hingegen fällt mir sozusagen in den Rücken, so aufgeregt klopft es gegen meine Rippen.

Keinen anderen Mann würde ich so lang und so nah an mich heranlassen. Jared könnte jetzt, in diesem Augenblick, alles tun – und ich würde ihn nicht aufhalten. Vielleicht, weil er heute da war. Vielleicht, weil er mich tatsächlich gerettet hat. Oder einfach, weil er …

Hinter uns wird eine Tür aufgeschoben, und sofort versteift sich mein Körper. Ich finde wieder zu mir. Was, zum Henker, mache ich hier? Heftiger als gewollt schiebe ich Jared von mir weg und bringe damit zu schnell und zu viel Abstand zwischen uns. Überrascht und verletzt sieht er mich an. Aber es ist zu spät, um etwas zu erklären. Mein Blick wandert an ihm vorbei zur Zimmertür, hinter der Sarah McKenzie wohnt. Ausgerechnet Sarah. Schlimmer noch: Trevor Myers lehnt neben ihr.

»So leicht ist es nicht, Parker. Gute Nacht.«

Ich kann sehen, wie ihn meine Worte treffen, und ich will mich entschuldigen, aber dafür ist es zu spät. Trevor und Sarah sehen uns von oben bis unten an. Dann verabschiedet sich Myers mit einem Kuss von seiner Gefährtin und marschiert laut pfeifend über den Gang, nicht ohne uns noch ein breites Grinsen zuzuwerfen. Mir ist klar: Morgen wird das halbe College ein neues Gerücht über mich zu besprechen haben. Jared Parker ist kein unbekanntes Gesicht. Verdammt.

»Alles klar. Gute Nacht, Lynn.«

Seine Stimme klingt bitter, und es kostet ihn Kraft, die Wut zu unterdrücken. Ein letzter Blick, der mich fast so heftig trifft wie ein Faustschlag, dann dreht er sich um und geht mit schnellen Schritten über den Flur. Wenn heute Abend noch nicht genug kaputtgegangen ist, dann habe ich es gerade geschafft, ausgerechnet den Mann zu verletzen, der es nicht verdient hat. Wäre ich doch nur nicht so verdammt feige.

Kapitel 2

Hinter meiner Zimmertür erwartet mich, wie immer, Claire LaMotte. Meine Mitbewohnerin. Obwohl auch sie schon längst schlafen sollte, sitzt sie aufrecht im Bett und lässt mich keine Sekunde aus den Augen, als ich die Tür hinter mir schließe und sie mit gespielter Langeweile ansehe. Die Wahrheit ist: Ich würde gern mit jemandem über den heutigen Abend sprechen, weil er mir nicht aus dem Kopf gehen will. Was passiert ist und wieso, Jareds überraschendes Auftauchen. Aber ich kann und werde es nicht tun. Schon gar nicht mit Claire. Wenn sie etwas nicht kann, dann ist es das: ein Geheimnis für sich behalten.

»Wo kommst du denn jetzt her?«

Ihre Standardfrage, auf die sie eine aufregende Antwort erwartet. Heute fühle ich mich allerdings etwas erschlagen und nicht so recht in Stimmung, um das Spiel wie üblich mitzuspielen.

»Ich war noch unterwegs.«

Claire schiebt sich mit einer fast beiläufigen, jedoch mühevoll einstudierten Geste eine Strähne ihres blonden, langen Haares aus dem Gesicht und sieht mich enttäuscht an.

»Warst du allein?«

Ja und nein. Aber kann ich ihr wirklich von Jared Parker erzählen? Würde sie das nicht schon morgen im ersten Kurs ihren Freundinnen berichten, die dann große Augen und trockene Münder bekommen würden? Außerdem wird es morgen so oder so die Runde machen.

»Nein.«

Und schon ist sie hellwach und sieht mich aufgeregt an. Ja, Gossip ist die eine Sache, auf die College-Mädchen nicht verzichten können. Wir sind vielleicht nicht in der Lage, uns den Stundenplan anständig zu merken, und suchen immer auf den letzten Drücker den richtigen Vorlesungssaal – aber Gerüchte und Gossip, das können wir uns besser merken als die Namen unserer Geschwister.

»Mit wem warst du unterwegs?«

Die Wahrheit würde sie mir nicht glauben. Obwohl diesmal die Wahrheit wie eine meiner Lügen klingen würde. Trotzdem drehe ich ihr den Rücken zu und mache mich auf den Weg ins viel zu enge Bad.

»Was ist das für Dreck auf deinem T-Shirt?«

Bevor ich reagieren kann, steht Claire schon neben mir und sieht mich aus großen blauen Augen an. Claire und ich sind sehr unterschiedliche Typen, und obwohl wir uns ein Zimmer teilen, bin ich mir nicht wirklich sicher, ob wir Freundinnen sind. Aber jetzt schaut sie mich besorgt an, und es ist wohl echte Sorge. Ein Gefühl, das ich nicht mehr gewohnt bin.

»Ist alles okay?«

Sie berührt meine Schulter, und ich zucke unwillkürlich zusammen. Der harte Aufprall auf dem Boden, als Jared mich von den Gleisen schubste, hat offenbar doch Spuren auf meinem Körper hinterlassen. Vorsichtig zieht Claire den Träger meines Shirts etwas zur Seite.

»Wer war das?«

In ihrem Kopf spielen sich ganz ohne Zweifel andere Szenen ab, als es in meinem der Fall ist: Jareds Körper auf meinem, das angenehme Gefühl, als er seine Hand an meine Wange gelegt hat. Seine Nähe.

»Ach, das war nur eine kleine Rangelei. Du solltest mal den anderen sehen.«

Damit zwinkere ich ihr frech zu und verschwinde ins Bad, wo ich schnell die Tür schließe und erst mal durchatme. Die kleine Schramme an meiner Schulter ist eine schmerzhafte Erinnerung an das, was passiert ist. Sie ist jedoch nichts im Vergleich zu der Schramme auf meiner Seele, in meiner Erinnerung. Ich starre in den Spiegel. Würde er mich überhaupt wiedererkennen? Mit meinen streichholzkurzen Haaren? Die ich mir damals abgeschnitten habe und seitdem immer auf genau dieser Länge halte. Aber ja, er würde mich erkennen, weil ich vielleicht mein Aussehen drastisch verändert habe – aber nur ein Blick, und er würde sehen, dass ich noch immer das gleiche Mädchen bin, das damals in Oceanside von dem dicken Ast des großen Baumes in den Fluss gesprungen ist. Ich bin noch immer die Lynn, die beim Angeln zu schnell die Geduld verlor und die Angst vor dem Keller hat. Selbst wenn ich mir eine Glatze rasieren und mir ein Piercing durch meine Nase jagen würde, es würde nie die Person verändern, die sich hinter der harten Schale verstecken will. Zum Glück kann das hier niemand sehen, weil niemand hier weiß, wie ich früher war. Oder wieso ich mich verwandeln musste. Entschlossen drehe ich das Wasser der Dusche auf und ziehe das T-Shirt aus, stopfe es in den Wäschesack und befreie mich aus dem BH. Weshalb mir ausgerechnet jetzt Jareds Berührungen wieder einfallen und ganz andere, sehr ablenkende Gedanken mit sich bringen, kann ich nicht verstehen. Sicher, Jared Parker ist der Typ Mann, auf den viele Frauen hier auf dem Campus stehen. Aber nur die wenigsten hätten auch den Mut, sich das einzugestehen oder ihn anzusprechen, denn Jared gilt als explosiv. Man weiß nie, wann er das nächste Mal in die Luft geht. Er ist ein paar Jahre älter als ich. Durch seine Jobs als Barkeeper und Rausschmeißer im *Red Lion Pub* sorgt er nicht nur für die besten Cocktails in der ganzen Stadt, sondern auch für eine entspannte Atmosphäre. Wenn es an den Billardtischen zum Streit kommt – und das passiert ganz gern mal –, greift er ein und befördert die Streithähne mit sicheren Handgriffen zur Tür. Nein, mit ihm will sich sicher keiner anlegen. Nicht selten enden solche Zwischenfälle mit blutigen Nasen, aber nie ist es Jared, der blutet. Es lässt meine Gedanken eine Runde Achterbahn fahren, ihn heute von einer anderen Seite erlebt zu haben. Viele Frauen würden sich dennoch gern seine Hände auf ihrem Körper vorstellen. Ich gehöre nicht dazu. Zumindest versuche ich, mir das immer wieder erfolglos einzureden, denn gerade eben draußen auf dem Flur, da wäre meine Standhaftigkeit fast verlorengegangen. Während ich die Jeans und meinen Slip ausziehe und endlich unter den erlösenden Wasserstrahl steige, schiebe ich alle Gedanken an Jared von mir. Hier gibt es nur mich und das Wasser, das alle Erinnerungen an den heutigen Abend von meinem Körper spült.

Auf Claire ist Verlass. Obwohl ich ihr gestern nur sehr vage Häppchen hingeworfen habe, scheint das ausreichend gewesen zu sein, um ihre Phantasie in andere Sphären zu heben. Als ich am nächsten Morgen durch die Gänge des Colleges marschiere, bemerke ich die Blicke der anderen. Noch bevor ich den Vorlesungssaal erreiche, habe ich bereits vier verschiedene Gerüchte über mich gehört. Die Tatsache, dass man diese sogar mir erzählt, lässt mich erahnen, dass viele nicht mal wissen, wer ich überhaupt bin.

Version 1: Ich war in eine fiese Schlägerei verwickelt.

Version 2: Ich bin dem sexuellen Übergriff eines betrunkenen Professors nur knapp und mit Gegenwehr entkommen.

Version 3: Beim Versuch eines Tankstellenüberfalls wurde ich vom Besitzer angeschossen.

Version 4: Ich habe mich einem Sonderkommando der Navy Seals angeschlossen und fluchtartig die Stadt oder sogar das Land verlassen.

Mit jeder neuen Geschichte wurden die angeblichen Geschehnisse absurder und verrückter. So läuft das eben. Jemand hat von jemandem gehört, dass jemand gehört hat, wie jemand gehört hat, dass ich jemandem die Geschichte genau so erzählt habe. Mich juckt das alles reichlich wenig, weil ich genau weiß, was die Wahrheit ist. Aber je mehr falsche Gerüchte kursieren, desto weniger Menschen wissen, wie es wirklich in mir aussieht.

Heute ist mir nicht nach einer weiteren Vorlesung über die Literatur des siebzehnten Jahrhunderts. Mir ist auch nicht nach den neugierigen Blicken der anderen Studenten. Eigentlich würde ich mich am liebsten wieder ins Bett legen und die Decke über den Kopf ziehen. Stattdessen entscheide ich mich, meinen Wagen vom Bahnhof zu holen. Dort, wo Jared mich gestern Abend dazu überredet hat, ihn stehen zu lassen. Und stattdessen mit ihm zu fahren. Ihm zu vertrauen, wenn auch nur für eine Autofahrt von knapp fünfzehn Minuten. Die Fahrt macht mir weniger Sorgen als das, was hier passiert ist – fast passiert ist. Trevor und Sarah. Ausgerechnet! Heute Abend werden verschiedene Gerüchte im Pub die Runde machen. Gerüchte über Jared und mich. Aus dem Beinahekuss wird eine wilde Knutscherei werden. Vermutlich sogar Sex. Hier im Wohnheim. Auf dem Flur. Im Stehen. Trevor und Sarah sind für solche absurden Geschichten genau die Richtigen. Lynn Chase und Jared Parker hatten Sex, so wird es garantiert heißen. Okay, zugegeben, es ist unmöglich, an Jared und dabei nicht früher oder später an Sex zu denken. Obwohl man wenig über seine bisherigen Frauengeschichten weiß, kennt man doch einige Damen, die nachgewiesenermaßen mit ihm zusammen waren. Meistens waren es Frauen aus den höheren Semestern, keine Frischlinge, selten gingen sie auf unser College. Nie war er besonders lang mit ihnen zusammen, und sobald er wieder Single war – so wie jetzt –, dann gibt es genug Damen, die sich gern freiwillig zum Casting melden würden. Jared schien dagegen immun zu sein, denn selbst die bildhübschen Varianten heißer Männerphantasien hinterließen bei ihm wohl keinen bleibenden Eindruck. Ich hatte ihn, seitdem ich nach Boston geflüchtet war, noch nicht zusammen mit einer Frau gesehen. Zum ersten Mal habe ich Jared im *Red Lion Pub* bemerkt, als er einem ziemlich großen und kräftigen Typen die Nase gebrochen hat, weil er eine der Bedienungen zu aufdringlich angefasst hatte. Der Typ konnte einem fast leidtun. Jared hatte nur zwei Handgriffe gebraucht, schon lag er bäuchlings auf einem der Billardtische und konnte sich kaum mehr bewegen. Es war absolut still im Raum, und man konnte nur das schwere Atmen der beiden Männer hören. Jared hatte ihm ein paar Worte zugeflüstert, und schon verschwand er, ohne sich jemals wieder blicken zu lassen. Seitdem hatte Jared mein Interesse geweckt, und ich kam öfter ins *Red Lion*. Immer stand er hinter der Bar, versorgte alle Anwesenden mit genügend Drinks und sorgte für Ruhe. Niemand sollte ihn reizen – weil er, wenn er einmal loslegte, nicht so schnell wieder zu beruhigen war. Mehr weiß man nicht über ihn. Niemand kann sagen, wo er wohnt oder woher er eigentlich kommt. Ganz sicher nicht aus Boston oder Oceanside, das kann ich belegen. Solche Männer gibt es dort nicht. Vielleicht ist es der traurige Schimmer in seinen klaren blauen Augen, das geheimnisvolle Lächeln, wenn er sich unbeobachtet wähnt. Oder natürlich der knackige Hintern in seiner Jeans, die immer ein bisschen zu tief auf seinen Hüften sitzt und den Bund seiner Boxershorts preisgibt. Da ist etwas an Jared, das mir gefährlich werden könnte. Der gestrige Abend hat es mal wieder bewiesen. Das Beste, was ich tun kann, ist Abstand halten. Und zwar so viel ich nur kann. Zu dumm, dass ich mir an den Pooltischen im hinteren Bereich des Pubs mein Taschengeld verdiene. Sicher, ich könnte mir eine neue Kneipe suchen und dort mein Glück versuchen, aber ich bin ein Gewohnheitstier. Ich kenne mich dort aus, weiß, wie die Kugeln rollen und welche Typen zu welcher Zeit auftauchen. Es ist einfach für mich, dort Leute abzuziehen. Oder ist das nur eine Ausrede, um nicht auf Jareds Anblick hinter dem Tresen verzichten zu müssen? Wie er das Geschirrtuch zwischen Jeans und Gürtel schiebt, wie seine Oberarme sich anspannen, wenn er einen Kasten Bier auf den Tresen wuchtet, oder wie sich die Sehnen an seinem Unterarm bewegen, wenn er die Gläser ...

»Hey! Du kannst ja doch noch laufen.«

Ihre schrille Stimme erinnert mich immer wieder an die Frauen in den Shopping-Kanälen, die einem hässlichen Schmuck und ätzende Kleidungsstücke aufschwatzen wollen. So klingt auch Sarah McKenzie. Obwohl ich nicht stehen bleiben will, tue ich es doch.

»Wie bitte?«

»Ach, tu doch nicht so unschuldig. Wir haben euch ja quasi erwischt. Muss danach noch wild zugegangen sein.«

Dabei zieht sie ihre Augenbrauen unnatürlich weit nach oben und hat ein freches Grinsen auf ihren rot geschminkten Lippen. Natürlich, in ihren Versionen der Geschichte geht es immer wild zur Sache.

»Wenn du meinst.«

Mädchen wie Sarah McKenzie sind mir zuwider. Sie kommt aus Capeville, weiter oben in New England, und ist zwischen den Zuchtpferden ihrer Eltern in einem Haus aufgewachsen, das größer ist als dieser Flügel des College-Gebäudes. Sie hat sich in ihrem ganzen Leben noch nie um irgendetwas Sorgen machen müssen. Selbst ihre Noten werden dank der großzügigen Spenden der Familie McKenzie immer im richtigen Schnitt gehalten. Alles in allem wird Sarah niemals in ihrem Leben eine nennenswerte Kraftanstrengung benötigen, um das zu bekommen, was sie will. Alles scheint nur eine weitere Trophäe zu sein wie die Pokale daheim im Schrank, die sie für ihre Dressurritte auf ihrem Zuchtpferd

Little Beauty gewonnen hat. Jetzt wäre ein guter Moment, um ihr zu sagen, was ich von ihr halte. Oder klarzustellen, dass sie und Trevor besser keinen Bullshit über Jared und mich erzählen sollen. Aber ich will lieber nicht zu viele Minuten mit Sarah vergeuden. Ich lasse ihre letzte Gemeinheit, die nicht mal der Wahrheit entspricht, unkommentiert stehen und gehe zügig weiter. Als ich auf den wie immer überfüllten Parkplatz blicke, entdecke ich zu meiner Überraschung zwischen all den schicken Flitzern meinen Wagen. Ein Blick reicht völlig, um zu erkennen, dass mein Volvo wohl eher zu den älteren Modellen gehört. Zwischen den modernen Autos, selbst den Gebrauchtwagen, sieht meiner aus wie aus einer anderen Zeit. Wie kommt er hierher? Gestern hat Jared mich gezwungen ... überredet, mit ihm zu fahren. Jared. Natürlich. Ein sanftes Lächeln umspielt meine Lippen, als ich auf meinen geliebten Wagen zugehe, den ich zu sehr liebe, als dass ich ihn eintauschen würde. Mit ihm habe ich das Autofahren gelernt, mit ihm haben wir uns zum ersten Mal über die Stadtgrenze gewagt und uns wie echte Verbrecher gefühlt. Zu viele Erinnerungen hängen an ihm. Auch wenn mir die Blicke der anderen natürlich auffallen. Er passt zu meinem Image, und das gefällt mir. Sie sollen nicht denken, dass mir Mommy und Daddy etwas schenken würden, niemand soll sagen, dass ich nur auf dieses College gehe, weil meine Eltern einen Anbau der Bibliothek bezahlt haben. Auch wenn ich mich nicht übermäßig anstrengen muss, um meinen geforderten Notendurchschnitt zu halten, bin ich stolz darauf, nicht auf Spenden und Mommys Geldbeutel angewiesen zu sein. Nein, ich bin gern selbständig. Daran wird auch dieses Leben hier nichts ändern.

Die Tür ist nicht abgeschlossen, und ich sehe einen kleinen Zettel, der an das Lenkrad geklemmt ist. Es ist kein Nachdenken nötig, um zu wissen, von wem er stammt. Ich schwinge mich auf den Fahrersitz und falte ihn auseinander:

Wohlbehalten abgestellt, alles andere findest du im Handschuhfach. ;-) Der Motor macht komische Geräusche, vielleicht solltest du das mal checken lassen …
J.

Kapitel 3

Die Tür zum Pub lässt sich aufschieben, obwohl es um diese Uhrzeit vermutlich noch nicht geöffnet hat. Gegen Mittag sind zu wenig Leute in diesem Viertel unterwegs, als dass es sich lohnen würde, schon die Zapfanlage in Betrieb zu nehmen. Es ist ernüchternd, den großen Raum menschenleer und voll beleuchtet zu sehen. Klassische Barhocker, vereinzelte Tische, abgewetzte Stühle, weiter hinten drei Billardtische, ein Flipperautomat und zwei Dartscheiben. Der fleckige Parkettboden passt perfekt zu der holzgetäfelten Wand, an der vereinzelte gerahmte Bilder verschiedener College-Football-Teams hängen, die vor ewigen Zeiten mal bedeutende Titel gewonnen haben. Bereits abends ist dieser Laden nicht besonders attraktiv, aber bei Tageslicht kommt er mir wie ein schäbiges kleines Pub an der Highway-Ausfahrt vor.

»Wir haben geschlossen!«

Jareds Stimme erreicht mich aus dem Zimmer hinter der Bar und trifft mich überraschend heftig. Genau an der Stelle in mir, wo er auch schon gestern Nacht Spuren hinterlassen hat.

»Ich will kein Bier, ich will nur mit dir reden.«

Möglichst gelangweilt lehne ich mich an die Theke und hoffe, er sieht mir nicht an, wie sehr mein Herz pocht. Es ist mir unangenehm, dass er mich gestern gesehen hat, wie mich eigentlich niemand sehen soll: neben der Spur. Jetzt steckt er seinen Kopf durch die geöffnete Tür und schenkt mir ein Lächeln, das Frauenherzen bricht. Aber ich bleibe ruhig und halte seinem Blick stand. Er trägt ein weißes T-Shirt, das deutlich erahnen lässt, wie oft er sich sportlich betätigt. Seine kurzen hellbraunen Haare trägt er in dem für ihn typischen Out-of-bed-Look, und das ist nur einer der Gründe, wieso Frauen ihn anschmachten. Jared nickt und kommt langsam auf mich zu. Zum Glück trennt uns die Theke.

»Was kann ich für dich tun?«

Er verschränkt die Arme vor der Brust, und ich sehe, wie sich sein Bizeps anspannt. Davon darf ich mich jetzt nicht ablenken lassen. Meine Augen suchen seine, und ich konzentriere mich auf den ursprünglichen Grund meines Besuches.

»Vermutlich hast du die verrückten Gerüchte schon gehört?«

Er nickt, und ein amüsiertes Lächeln stiehlt sich auf seine Lippen. Natürlich! Männern sind solche Gerüchte nicht unangenehm. Wenn ein Kerl mit jeder Frau auf dem Campus geschlafen hat, steigt – wieso auch immer – sein Sexappeal. Wenn eine Frau mit mehr als drei Typen schläft, ist sie die Schlampe. Das soll jemand verstehen.

»Ich wollte nur sagen, dass ich dieses Gerücht nicht in die Welt gesetzt habe.«

Jared nickt nachdenklich, als würde er erst überlegen müssen. Seine Augen lassen mich keinen Moment aus dem Fokus, als er sich an den Tresen lehnt.

»Das habe ich auch nicht gedacht.«

»Gut. Vielleicht könntest du es aufklären.«

Während ich sein Gesicht etwas genauer beobachte, fällt mir eine kleine Narbe an seiner Augenbraue auf. Kein Wunder, als Rausschmeißer hat er natürlich schon die eine oder andere berufsbedingte Verletzung davongetragen.

»Wieso sollten wir? Es könnte zu deinem Ruf beitragen.«

Es dauert einen kurzen Moment, bis ich verstehe, was er da gerade von sich gegeben hat. Das kann unmöglich sein Ernst sein!

»Wie bitte?«

»Komm schon, Lynn. Du gibst dir so viel Mühe, jemand zu sein, der du nicht bist. Wieso stört dich dieses Gerücht plötzlich?«

Ich könnte natürlich die Wahrheit sagen. Aber die gestehe ich mir ja nicht einmal selbst ein. Außerdem will ich nicht als College-Schlampe bezeichnet werden.

»Weil ich unter keinen Umständen eine Kerbe auf deinem Gürtel sein will. Neben so namhaften Damen wie Sarah McKenzie!«

Denn genau das will ich nicht: mit ihr in einem Atemzug genannt werden. Schon gar nicht, wenn es nicht mal der Wahrheit entspricht.

»Bist du eifersüchtig?«

Dieses schiefe Grinsen, das als sexy angesehen werden kann, macht mich gerade mächtig wütend. Macht er sich über mich lustig? Bisher hatte ich fälschlicherweise angenommen, Jared wäre keiner dieser Idioten, die nur große Sprüche raushauen und damit ihr Macho-Image aufbessern. So wie er jetzt klingt, könnte man meinen, er würde abends mit Typen wie Trevor seine restlichen Gehirnzellen wegsaufen. Schade.

»Vergiss es einfach, Parker.«

Damit stoße ich mich vom Tresen ab und will gehen, als er schnell nach meiner Hand greift und mich dabei eiskalt erwischt. Seine Berührung lässt mich wie ein angeschossenes Reh reagieren. Ich erstarre.

»Das zwischen Sarah und mir …«

»Das interessiert mich einen Scheiß!«

Schnell schneide ich ihm das Wort ab, bevor ich Details ihrer heißen Liebesnacht aus seinem Mund höre. Es ist schon schlimm genug, ihre Version der Geschichte ertragen zu müssen. Sie kann mit jedem Typen auf dem Campus schlafen, das interessiert mich nicht. Dies sollte auch für Jared gelten. Tut es aber nicht. Und das nervt.

»Okay. Wie du meinst.«

Damit lässt er mich los und schüttelt den Kopf, so, als ob ich nicht verstehen würde, was er sagt.

»Wie du willst, Lynn, du und ich, wir beide, wir hatten keinen Sex.«

Wir hatten keinen Sex. Das ist die Wahrheit und klingt erleichternd. Er wird es also richtigstellen. Das ist gut. Und gleichzeitig muss ich viel Energie darauf verschwenden, nicht enttäuscht zu sein. Während ich meine Enttäuschung verberge, bildet sich ein Lächeln auf seinem Gesicht, als er sich über den Tresen zu mir beugt und seinen Blick über meine Lippen wandern lässt.

»Noch nicht.«

Dabei fährt ein kurzes, aber heftiges Zucken durch meinen Unterleib. Es ist die Art und Weise, wie er es sagt. Ein rauher Flüsterton, der seinen Zweck exakt erfüllt. Mein Herz schlägt gegen meine Rippen, und ich brauche den Bruchteil einer Sekunde, um wieder Herrin über meine Gedanken zu werden, die sich viel zu schnell viel zu selbständig gemacht haben. Die Erinnerung an das Gefühl seines Körpers auf meinem lässt meine Knie weich werden.

»Und werden auch niemals welchen haben.«

Meine Stimme klingt fremd in meinen Ohren. Nicht ganz so gefasst, wie ich es mir erhofft hatte. Ich bemerke selbst, dass ich damit die Lüge vertuschen will, die ich gerade ausgesprochen habe. Mit mäßigem Erfolg. Ich muss mich kurz räuspern.

»Wenn du gefragt wirst, streitest du es also ab?«

»Wenn es *das* ist, was du willst?«

Seine Hände auf meinem Körper, seine Lippen auf meiner Haut, sein schnelles Atmen an meinem Ohr, die Hitze in meinem Bauch, die tiefer wandert und einen Flächenbrand auslöst.

»Ist es das?«

In seinen starken Armen liegen, mich von ihm führen lassen, mich ihm ganz öffnen, ihn spüren.

»Lynn? Hörst du mir noch zu?«

»Hm?«

»Ist es das, was du willst?«

Eine Frage, die mich irritiert, weil sie vieles ins Wanken bringt. Ist es *das*, was ich will? Was will ich? Er soll es abstreiten. Genau. Aber wenn ich Jared ansehe, wie er mir gegenübersteht, seine blauen Augen mich genau beobachten und er diesen besorgten Ausdruck im Blick hat – da will ich ihn umarmen und mich in ebendieser Umarmung verkriechen. Bei keinem anderen Typen hatte ich dieses Bedürfnis. Jared kenne ich so gut wie gar nicht, obwohl ich ihn fast jeden Abend hier sehe. Obwohl ich mir tapfer einrede, dass er auf mich nicht diesen Effekt hat, den er auf jedes andere weibliche Lebewesen zu haben scheint, wandern auch meine Gedanken unter der Dusche häufig zu ihm, zu seinen Händen, dem durchtrainierten Oberkörper und den sanften Lippen, die ich nur zu gern küssen würde. Aber er ist für all das genau der Falsche. Er wäre mein Untergang.

»Genau das will ich. Streite es ab.«

Noch immer sieht er mich an, als würde er darauf warten, ob ich meine Meinung ändere. Jared Parker ist auch nur einer dieser Typen, die eine Frau ins Bett kriegen und mit ihr angeben wollen und sich dann die nächste suchen. Jared Parker ist nicht anders. Schließlich nickt er und wirkt dabei fast ein wenig verletzt, als hätte ich ihn persönlich angegriffen.

»Feine Sache. Ist mir sowieso lieber.«

Ouch!

Er zuckt die Schultern und setzt zu einem Grinsen an, das ihm nur fast gelingen will. Ganz so cool ist er also nicht, obwohl er sich schnell wieder fängt und nach einem Geschirrtuch greift.

»Entschuldige mich jetzt, ich habe hier noch einiges zu tun. Wenn es dir also nichts ausmacht ...«

Er nickt in Richtung Tür und wirft mich damit einfach raus. Einfach so. Das ist gut, es ist nämlich genau die kalte Dusche, die ich gebraucht habe.

»Sicher.«

Ich stoße mich vom Tresen ab und marschiere zum Ausgang, den ich fast erreicht habe ...

»Soll ich ihnen stattdessen lieber die Wahrheit sagen?«

Als hätte er ein Projektil in meinen Rücken abgefeuert, bleibe ich wie angewurzelt stehen und spüre das verdächtige Brennen in meinen Augen. Genau so fühlt es sich an, wenn jemand dich in der Hand hat, wenn sich diese Hände um deinen Hals legen und fest zudrücken. Hier drinnen bekomme ich kaum noch Luft. Aber es muss für eine bissige Antwort reichen. Mit letzter Kraft drehe ich mich zu ihm um und will ihm einen wütenden Blick zuwerfen. Aber als ich Jareds traurigen Gesichtsausdruck bemerke, nimmt mir das jeden Wind aus den Segeln. Etwas an ihm berührt mich tief in meinem Inneren. Egal, wie tough er nach außen hin wirken mag – manchmal, wenn er es nicht mehr verhindern kann, sagt sein Blick sehr deutlich, wie es in ihm wirklich aussieht. Dann reicht ein Blick, und sein Hilferuf erreicht mich so laut und deutlich wie eine Sirene die Schiffe auf dem offenen Ozean. So wie jetzt. Am liebsten würde ich zu ihm gehen, ihn umarmen – auch wenn er sich wehren würde – und für ihn da sein, wenn er es braucht. Ein Impuls, den ich nur mit viel Mühe unterdrücken kann. Aber so schnell dieses Gefühl kommt, so schnell verschwindet es auch wieder. Mit einem Mal verändert sich Jareds Blick, er wird wieder abweisend und kühl. Das reicht, um mir und allen anderen die Grenze aufzuzeigen.

»Tu nicht so, als ob du die Wahrheit kennst.«

Das sollte reichen, um auch ihn auf die andere Seite der von mir erbauten Mauer zu stoßen.

»Du kriegst dein Leben nicht auf die Reihe.«

»Wow! Beeindruckend, Dr. Freud.«

Er verschränkt die Arme vor der Brust.

»Ich könnte noch mehr erzählen.«

»Noch mehr Dinge, von denen du keine Ahnung hast?«

»Du willst dir von niemandem helfen lassen, weil du denkst, mit allem allein klarkommen zu müssen!«

Seine Worte treffen mich wie Faustschläge in die Magengrube, und ich habe Mühe, mich auf den Beinen zu halten. Mein Gesicht verwandelt sich wie sooft, wenn Menschen der Wahrheit zu nahekommen, in eine ausdruckslose Maske aus Stein, die keine Gefühlsregung zulässt. Er kann noch so viele Tiefschläge austeilen, ich werde ihm nicht die Genugtuung geben und taumeln.

»Weil du denkst, es wäre ein Zeichen von Schwäche, Hilfe anzunehmen.«

»Bist du fertig?«

Meine Stimme hallt fremd in meinen Ohren. Ich bin froh, dass Jared nichts von dem Gefühlsbeben in meinem Inneren mitbekommt. Zu dünn ist das Eis, auf dem ich stehe. Und wenn er so weitermacht, werde ich einbrechen.

»Nicht mal im Ansatz.«

Mit einer Leichtigkeit, die mich überrascht, schwingt Jared sich über den Tresen. So wie er es immer tut, wenn Stress im Pub ansteht und er wegen seines Jobs als Rausschmeißer schnell dazwischengehen muss. Vier Schritte, dann ist er bei mir und sieht mich direkt an.

»Vielleicht solltest du einfach mal mit jemandem reden, der dir zuhört.«

»Mit dir?«

Meine Stimme ist ein mieser Verräter und gibt zu viel von mir preis. Ich beiße mir auf die Unterlippe und versuche, mich auf etwas anderes als sein perfekt geschnittenes Gesicht, seine vollen Lippen und den muskulösen Hals zu konzentrieren. Jared Parker kommt mir zum wiederholten Mal in zwei Tagen viel zu nah. Er sieht sich kurz um, als wolle er sich vergewissern, dass niemand außer uns hier ist, bevor sein

Blick wieder nach meinem Gesicht sucht und sich ein sanftes Lächeln auf seine Lippen legt.

»Ich bin zumindest hier.«

Seine Stimme hüllt mich in eine warme Umarmung, die sich viel zu gut anfühlt. Zu lang habe ich das nicht mehr gestattet: Einen anderen Menschen so nah an mich heranzulassen, dass er über die solide Mauer in mein Inneres blicken kann. Bisher hatte ich nicht das Gefühl, etwas zu verpassen, aber plötzlich will ich ihn umarmen, ihn küssen, seinen Körper berühren und mich endlich wieder fallenlassen. Mein Körper reagiert stärker auf ihn als auf die wenigen Männer, mit denen ich in der Vergangenheit zusammen war ...

Jared beugt sich zu mir, dabei streifen seine Lippen erst meine Wange, dann mein Ohr.

»Lass dir doch helfen, Lynn ...«

Instinktiv greife ich nach seinen Oberarmen, um mich festzuhalten, weil der Boden unter meinen Füßen gefährlich nachgibt. Jareds Arm legt sich um mich, seine Hand legt sich auf meinen Rücken, und er zieht mich ein kleines Stück an sich heran. Seine Brust berührt meine, sofort reagiert mein Körper wieder. Meine Nippel reiben sanft am Stoff meines dünnen T-Shirts. Seine Wange ruht an meiner, und seine Stimme ist kaum hörbar. In mir tobt ein Wirbelsturm. Dann treffen seine Lippen endlich auf die meinen. Nicht sanft, nicht zart, sondern gierig und fordernd. Seine Zunge gleitet zwischen meine Lippen, und Sekunden später schmecke ich ihn. Spüre, wie er meinen Mund erforscht, jeden Zentimeter, und in meinem Magen lodert die Flamme so heftig auf, dass eine Hitzewelle zwischen meine Beine rutscht – dort, wo ich ihn will. Wo ich ihn brauche. Jetzt. Sofort!

»Lynn?«

»Hm?«

»Ich habe gesagt, wenn du jemanden zum Reden brauchst, bin ich da.«

Kurz muss ich blinzeln, nur schwer finde ich den Weg zurück in die Realität. Jared lehnt noch immer am Tresen, ich stehe noch immer am Ausgang. Uns trennen noch immer mehrere Meter. Keine Berührung, kein Kuss, nur das tiefe Brennen in meinem Inneren. Mir ist heiß, und ohne Zweifel sind meine Wangen gerötet. Jared mustert mich nachdenklich.

»Und ich werde alles wegen gestern Nacht abstreiten.«

Damit dreht er sich weg, sein Blick lässt mich wieder los, und ich falle. Ich falle so tief, dass bei dem Aufprall einige Rippen und andere Knochen brechen könnten. Bevor er meine Erregung noch deutlicher erkennen kann, trete ich durch die Tür ins Freie und hole tief und hörbar Luft. Was, zum Henker, war denn das gerade? Jared Parker mag ja für manches feuchte Höschen sorgen, aber seit wann ist das auch bei mir so? Mit jedem Schritt in Richtung meines Volvos spüre ich, wie deutlich die Spuren meines Tagtraumes sind. Ich brauche eine Dusche. Eine kalte Dusche!

Claire erwartet mich in unserem Zimmer und sieht mich aus großen Augen an. Wie Hunde einen ansehen, wenn sie die Lieblingsschuhe zerfetzt haben und nur noch die grobe Form an einen 600-Dollar-Schuh erinnert. Nun, ich habe keine Schuhe in diesem Preissegment, und Claire ist kein Hund.

»Was hast du angestellt?«

»Gar nichts! Ich schwöre, ich habe nichts gesagt!«

»Aber …?«

Langsam schließe ich die Tür hinter mir und bin froh, dass ich mich auf der Fahrt vom Pub hierher etwas beruhigt habe. Eine kühle Cola an der Tankstelle, und meine Gedanken gehorchen mir wieder. Jared Parker, so viel steht fest, wird es nicht mehr in meinen gedanklichen Slip schaffen. Komme, was wolle.

»Kein Aber. Das mit Parker und dir wird heute Abend bestimmt einige Zuschauer ins *Red Lion Pub* ziehen.«

Claire soll noch einmal betonen, wie leid ihr das alles tut, dabei weiß ich nicht mal, was genau sie angestellt haben soll. Das Pub ist immer voll, und das liegt nie an mir. Es gibt dort eben gute Burger und gutes Bier.

»Das ist mir egal. Ich muss heute Abend ein paar Dollar verdienen.«

Der Monat neigt sich dem Ende entgegen, und bald muss ich wieder etwas Geld überweisen. Nicht für die Miete, denn das wird von meinem Stipendium geregelt. Nein, das Geld geht nach Oceanside. Nach *daheim*.

»Ich wollte dich nur warnen. Sarah hat heute ziemlich viel von dir gesprochen. Und über das, was zwischen dir und Jared läuft.«

»Es läuft nichts!«

»Sarah hat das Gerücht noch etwas befeuert ...«

»Seid ihr jetzt new best friends?«

Es nervt mich langsam, dass Sarah das Drehbuch zu gestern Nacht umschreiben will. Dazu hat sie kein Recht. Und es gefällt mir auch nicht, dass sie immer wieder versucht, Claire einzulullen.

»Nein, ich habe es in der Cafeteria mitgekriegt. Sie war nicht gerade zurückhaltend.«

Das kann ich mir vorstellen. Sarah und »zurückhaltend« – diese Wörter passen nicht besonders gut zusammen, und das wissen auch alle hier. Erschöpft von den vielen Gedanken lasse ich mich auf das Bett fallen und schließe einen kurzen Moment die Augen. Ich spüre, wie sich jemand neben mich setzt.

»Kann ich heute Abend mitkommen?«

»Ins *Red Lion*? Was willst du denn da?«

»Keine Ahnung. Ich würde eben einfach gern auch mal was erleben. So wie du!«

»Nein, Claire. Nicht so wie ich! Sei du du selbst und genieße dein Leben so, wie du es führen möchtest. Nicht, weil Menschen wie Sarah oder ich ein anderes Leben führen.«

»Ich finde dich eben cool, Lynn. Ach, ich habe die Unterlagen aus dem Literaturkurs für dich mitgenommen.«

Sie steht auf, schnappt sich ein paar lose Blätter aus ihrem Ordner und streckt sie mir mit einem freundlichen Lächeln hin. Ich bin nicht immer sehr nett zu Claire gewesen, und das tut mir manchmal leid.

»Danke.«

Das hätte sie nicht tun müssen, dennoch habe ich jetzt nicht so viel von der Vorlesung verpasst wie zuerst angenommen. Ich stehe auf und komme zu ihr an den Schreibtisch, wo auch meine Unterlagen liegen, alle hoffnungslos durcheinander. »Nur ein Genie beherrscht das Chaos«, heißt es doch immer. Irgendwo hier muss der richtige Ordner liegen. Irgendwo ... Ich schlage einen blauen Hefter auf, und mir rutschen einige Zeitungsartikel entgegen. Zwei kann ich auffangen, der dritte segelt auf den Boden, wo Claire ihn aufhebt. Verdammt, ich wollte sie doch in den Karton unter meinem Bett legen.

»Bist du das?«

Sie betrachtet das junge Mädchen auf dem Foto, das in einem Sportdress einen kleinen Pokal in der Hand hält und ihre langen Haare zu einem Pferdeschwanz gebunden hat.

»Ja.«

Ich will ihr den Zeitungsausschnitt wieder abnehmen, aber Claire ist schneller und weicht meiner Hand aus.

»Du warst State Champion?«

»War ich.«

Ich gebe mir Mühe, so zu tun, als wäre das keine große Sache, während sich dennoch Stolz in meiner Brust ausbreiten will. Langsam lasse ich meine Hand sinken, gönne mir diesen kurzen Moment und spüre das scheue Lächeln auf meinem Gesicht. Claires Augen werden größer, als sie den Text zu dem Bild liest.

»Lynn, das ist der Wahnsinn! Wieso hast du mit Track and Field aufgehört? Du warst dreimal State Champion!«

Claires Blick zeigt einmal mehr die Bewunderung, die sie für so viele Menschen empfindet, nur leider nicht für sich selbst. Ein großer Fehler, den sie hoffentlich im Laufe des Semesters noch bemerken wird.

»Ich wurde langsamer.«

Wurde ich nicht. Ich wurde sogar immer schneller. Ich wurde so schnell, dass Simon und ich Wettrennen gegen den Regionalzug veranstaltet haben. Natürlich nur theoretisch. Wir sind neben den Zügen hergerannt, als sie noch nicht ihre volle Geschwindigkeit erreicht hatten. Es war ein harmloser Spaß von Kindern, die gerade zu Teenagern wurden. Wir rannten wie der Teufel, und wann immer wir zumindest eine kleine Weile Schritt halten konnten, haben wir gejubelt wie beim wichtigsten Rennen der State Championships. Irgendwann wollte ich immer schneller werden, wir haben neue Herausforderungen gesucht und sie auch gefunden. Doch Simon war der Meinung, irgendwann sollte es an der Zeit sein, erwachsen zu werden. Ich hingegen glaubte, keine Grenzen würden uns einengen können. Ich hatte mich geirrt.

»War der Typ auf dem Bild dein fester Freund?«

»Nein.«

Jetzt spüre ich den Stich in meinem Herzen deutlicher als erwartet. Ich nehme Claire den Artikel wieder weg und lege ihn zu den anderen in den Ordner zurück. Wenn ich zu lang bei dieser Erinnerung verweile, tut es weh. Kurze Augenblicke sind auszuhalten, nur lange Momente schmerzen und reißen Wunden auf, die nicht heilen wollen. Verheilte Wunden werden zu Narben, diese verblassen und werden vergessen. Ich darf Simon aber niemals vergessen! Das habe ich ihm versprochen. Genau deswegen kratze ich mir die Narben von Zeit zu Zeit wieder auf. Bis sie bluten und erneut heilen müssen.

»Aber ihr wart euch sehr …«

»Claire!«

Meine Stimme klingt lauter und schriller, als ich sie in Erinnerung habe. Es ist kein guter Zeitpunkt, um mich an Simon oder unsere Zeit zu erinnern. Nicht jetzt. Kurz herrscht absolute Stille, sie scheint es verstanden zu haben. Ich hole tief Luft und drehe mich wieder zur ihr.

»Das soll keiner wissen, okay?«

Claire lächelt traurig und nickt. Diesmal, daran besteht kein Zweifel, wird sie es nicht aus Versehen jemandem auf dem Flur erzählen. Ich schenke ihr ein dankbares Lächeln und nicke.

»Und hör nicht so viel auf den Unsinn, den Sarah erzählt, okay? Du wirst schon noch genug erleben.«

Ihr Blick verändert sich, wird hoffnungsvoll.

»Kann ich heute Abend nicht doch mitkommen?«

»Nein. Besser nicht.«

»Aber mit dir kann ich endlich mal was erleben!«

Sie ist wirklich wie eine lästige kleine Schwester, die man nicht bei den Partys dabeihaben will, die es aber immer irgendwie schafft, sich dranzuhängen.

»Also gut. Aber du hältst dich an mich und versuchst, möglichst nicht aufzufallen.«

Claire nickt begeistert und setzt sich zufrieden auf ihr Bett.

»Das wird ein super Abend! Ich hab's im Gefühl!«

Mein Gefühl sagt genau das Gegenteil. Ich muss nicht nur Claire im Auge behalten, sondern auch noch einige gute Kugeln auf dem Billardtisch versenken. Nicht zu vergessen: Jared Parker.

Kapitel 4

»Verdammt!«

Er schlägt mit der flachen Hand auf den grünen Filzbezug des Billardtisches und sieht mich wütend an. Ohne Zweifel hätte er nach der ersten Niederlage aufgeben sollen. Aber er wollte es ja unbedingt auf die harte Tour lernen. In der zweiten Runde hatte ich weniger Mitleid und habe ihm genau vier Stöße überlassen, die er allesamt vermasselt hat. Seine dunklen braunen Augen fixieren mich genau, während ich schon mal die Kugel für die nächste Partie einsammle.

»Man hätte mich vor dir warnen sollen, Miststück.«

»Hat man das nicht?«

Ich werfe ihm ein breites Grinsen zu und strecke ihm meine flache Hand entgegen.

»Fünfzig Dollar, Sir.«

Der große, ziemlich breite Typ, der ein weißes Unterhemd und versiffte Jeans trägt, beobachtet mich einen Moment, bevor er den Geldbeutel, der an einer schweren Kette an seinem Gürtel hängt, aus der Gesäßtasche zieht und mir die Scheine entgegenwirft.

»Du bist verdammt gut, Mädchen.«

Wenn solche Typen wie er ein solches Lob aussprechen, kann man sich getrost etwas darauf einbilden. Seine Freunde nennen ihn Chuck. Chuck scheint es nicht gewohnt zu sein, dass er eine Partie verliert. Das bin ich auch nicht – und wenn es doch mal vorkommt, hole ich mir in der Revanche für gewöhnlich das verlorene Geld zurück.

»Danke schön.«

Ich schüttle kurz seine Hand, so macht man das nach einem guten Spiel. Dann drehe ich mich zu Claire, die auf einem Barhocker in der Ecke sitzt, wo ich sie genau im Blick habe. Bisher klammert sie sich nur an ihr Glas Cola.

»Na? Hast du schon so richtig Spaß?«

Ihr entgeht die Ironie in meiner Stimme natürlich nicht. Das gequälte Lächeln auf ihren Lippen macht nur zu deutlich, dass sie sich den Abend ganz anders vorgestellt hat. Viele vertraute Gesichter haben wir noch nicht entdeckt. Irgendwo in der Nähe der Tür, also weit weg von uns, habe ich Sarahs Lachen gehört. Vermutlich hat sie uns hier hinten noch nicht gesehen, und wenn doch, ist es ihr egal. Ihre Spielwiese ist an der Bar, wo Jared wie fast jeden Abend bedient. Ihm wird ihr aufgesetztes Lachen gelten, ihre One-Woman-Show mit dem tief ausgeschnittenen T-Shirt und den viel zu engen Hüfthosen, die etwas zu tief sitzen und einen Tanga-Blitzer zeigen. Billige Tricks, die uns Frauen die erwünschte Aufmerksamkeit sichern, und neunzig Prozent der Männer fallen darauf rein. Das Bier vor mir hilft ein bisschen, diese Tatsache zu vergessen. Oder zumindest zu verdrängen.

»Wo hast du das gelernt?«

Claire erinnert mich durch die Frage daran, wo ich gerade bin. Und was mein Ziel heute Abend ist: Geld machen. Mit dem, was ich besonders gut kann.

»Ein Freund hat es mir sehr früh beigebracht.«

Bei der Erinnerung muss ich schmunzeln. Wir waren zu

jung, um in die Bar zu dürfen, aber Simons Dad hat dort bedient. Also war es leicht für uns, tagsüber dort zu sein, bevor der Raum rauchgeschwängert war und immer mehr Männer sich mit ihren Bierflaschen um die Billardtische gedrängt haben. Soweit ich weiß, gibt es diese Bar nicht mehr. Zumindest nicht im ursprünglichen Zustand. Inzwischen ist sie eine saubere Sports-Bar geworden, die sich zum Finale der Super Bowls mit ganzen Familien füllt. Nein, als Simon und ich dort waren und kaum über die Theke schauen konnten, war Simons Vater Dave der Mann, zu dem wir aufsahen, als er uns zeigte, wie man den Queue beim Billard richtig hält und über welche Bande man spielen musste, um die gewünschte Kugel im richtigen Eck zu versenken. Simon legte nur mäßiges Talent an den Tag, aber ich stellte mich als wahres Wunderkind heraus. Dave unkte immer, ich wäre der Sohn, den er immer gewollt hatte. *Dave …*

»Auf jeden Fall bist du der Hammer! Du hast noch kein Spiel verloren!«

»Ich verliere nicht gern.«

Claires Augen weiten sich, und ihr Gesichtsausdruck gefriert, während sie mir irgendein Zeichen geben will, das ich nicht verstehe. Meine Fähigkeiten, die Gebärdensprache zu deuten, sind eher rudimentär.

»Ach nein?«

Seine Stimme erwischt mich kalt, weil ich nicht mit ihm gerechnet habe. Sofort klopft mein Herz heftiger, die Gänsehaut in meinem Nacken breitet sich blitzschnell über meinen restlichen Körper aus. Diesmal werde ich ihn nicht so weit in meinen Kopf hineinlassen. Schwungvoll drehe ich mich zu ihm um und halte den Queue wie eine Waffe vor meinen

Körper. Jared steht dichter als erwartet vor mir, kurz muss ich ausweichen, sonst wäre ich gegen ihn geprallt. Mit einer schnellen Handbewegung greift er nach dem Queue in meiner Hand.

»Dann zeig mal, was du so draufhast, Lynn.«

Noch nie habe ich gegen Jared gespielt. Bisher habe ich ihn weder beim Darts noch beim Billard beobachten können. Seine Spielweise ist mir fremd, aber egal, wie siegessicher ich sonst sein mag, diesmal fühlt es sich eigenartig an.

»Musst du nicht arbeiten?«

Ausreden. Das ist sonst nicht mein Stil. Ich kneife vor keiner Herausforderung, aber Jared könnte mir gefährlich werden. Konzentration, das hat Dave immer gepredigt, ist das A und O beim Billard. Wenn Jared mich aus der Fassung bringen kann, werde ich ihn nur schwer besiegen können. Und gegen ihn zu verlieren, das kann ich nicht akzeptieren.

»Nicht mehr. Meine Schicht ist vorbei.«

Tatsächlich trägt er nicht mehr die typische Schürze oder das Geschirrtuch. Einfache Jeans, ein schwarzes T-Shirt und seine charakteristischen, ausgelatschten Boots. Heute scheint er noch keine Zeit gehabt zu haben, um nach dem Rasierer zu greifen, denn sein Dreitagebart ist noch deutlicher sichtbar als heute Morgen. Während er mich anlächelt und sich eine Strähne seiner hellbraunen Haare aus der Stirn wischt, funkeln seine blauen Augen wie Bergseen in einer sternenklaren Nacht. Mein Mund wird trocken. Er beugt sich etwas weiter zu mir vor, verringert den ohnehin schon viel zu geringen Abstand zwischen unseren Körpern.

»Oder hast du Angst?«

Angst. Ein Wort, das ich aus meinem Wortschatz verbannt

habe. *Angst* … Nur noch eine Erinnerung an die vergangene Zeit. Als allein die Vorstellung von Angst mir kalten Schweiß über den Körper gejagt hat. Jetzt ist es nur noch ein Wort. Nicht mehr und nicht weniger. Ich halte seinem Blick stand, obwohl ich zum ersten Mal seit langer Zeit am gewohnten Erfolg zweifele.

»Niemals.«

Jareds Augen versuchen, die Tür zu meinem Inneren zu finden, aber anders als in der Nacht auf den Schienen lasse ich ihn diesmal nicht nah genug an mich heran. Ich stoße ihn mit meinem Queue gegen die Brust und bringe endlich wieder Abstand zwischen uns.

»Dann zeig mal, was du kannst!«

Leider scheint unser kleines Match mehr Zuschauer anzulocken, als mir lieb ist. Jared schnappt sich einen Queue von der Wand und lässt sich genüsslich viel Zeit mit dem Einkreiden der Stoßspitze. Einige Frauen scheinen allein bei diesem Anblick aufgeben zu wollen. Claire beugt sich zu mir rüber.

»Zeig ihm, wie es geht, Lynn!«

Schön zu wissen, dass zumindest sie auf meiner Seite ist. Denn sobald Sarah und ihre Clique den Tisch erreichen, ist schnell klar, auf welcher Seite sie stehen. Sie wirft mir einen abschätzigen Blick zu und lächelt Jared dann verführerisch an.

»Schick die Kleine nach Hause, Jared.«

Sie wirft ihm eine Kusshand zu, die er allerdings nicht mal bemerkt, weil er bereits seine Position am Ende des Pooltisches einnimmt.

»Oder willst du anstoßen?«

Ich zucke die Schultern und lehne mich möglichst entspannt an die Wand. Jared habe ich nur selten bis gar nicht spielen sehen. Die meisten Spieler hier kenne ich in- und auswendig. Es ist ein Leichtes für mich, ihre Schwächen auszunutzen. Aber Jared ist mehr oder weniger ein unbeschriebenes Blatt für mich. Zumindest, wenn es um das Billardspielen geht. Jetzt beobachte ich ihn wie alle anderen auch. Jared schiebt das Plastikdreieck voller Kugeln in die Mitte des Tisches, entfernt es dann, lehnt sich mit dem Queue in der Hand gegen den Tisch und konzentriert sich auf den ersten Stoß. Sofort wandern die Blicke der anderen Mädchen über seinen Rücken bis zu seinem Hintern, der kurz auch meine Aufmerksamkeit erregt. Nein! Nicht jetzt! Es geht um viel mehr als nur um eine Runde Billard. Es geht nicht nur um meinen Ruf, auch die Dollarscheine, die auf dem Rand des Tisches liegen, sind verdammt wichtig.

»Nach dir, Parker.«

Wie gut Jared ist, wird mir langsam bewusst, als er den Blick nicht von mir abwendet, während er gezielt den ersten Stoß vollführt und dabei die erste halbe Kugel einlocht. Somit bleiben die vollen Kugeln mir überlassen. So weit, so gut. Schnell locht Jared zwei weitere Kugeln ein, bevor die nächste knapp vorbeischrammt und ich am Zug bin. Meine Kugeln liegen nicht schlecht, es könnte eine entspannte Partie werden – wäre nicht Jared mein Gegner. Ich muss an ihm vorbei, um den nächsten Stoß zu plazieren. Dabei streifen sich unsere Körper, und ich hasse es, dass mein Körper so schnell und so heftig auf ihn reagiert. Dazu sein Lächeln, das erschreckend ehrlich ist. Fast so, als wolle er mir sagen, dass alles gut ist, und wenn nicht, dann würde er sich darum kümmern, es zu ändern. Diese Geborgenheit, nach der ich mich sehne und die er ausstrahlt, die mich nervös und verwundbar macht. Um nicht das Ziel aus den Augen zu verlieren, drehe ich mich schnell weg und konzentriere mich auf die nächste Kugel, die ich souverän versenke.

»Oh, wow! Lynn kann mit Kugeln spielen!«

Trevors Stimme erreicht mich und sorgt für Gelächter bei den anderen Zuschauern. Vor allem bei Sarah, die noch immer denkt, Jared würde nur für sie spielen.

»Schnauze, Trevor!«

Bevor ich etwas sagen kann, lässt Jareds Stimme das Lachen um uns herum verstummen. Dabei bin ich alt genug, um mich selbst wehren zu können. Wütend sehe ich zu Jared, der meinen Blick allerdings nicht wahrnimmt. Er starrt Trevor an, der wiederum Jared nur ein breites Grinsen zeigt.

»Du hättest es wohl gern, wenn sie mit deinen Kugeln spielt, was, Jared?«

Erneut ertönt Gelächter. Billige Sprüche, die eigentlich nur noch bei Teenagern für Erheiterung sorgen sollten. Das sagt alles über Trevors geistiges Niveau. Für mich spielt es keine Rolle, immerhin kenne ich das: solche Sprüche über Frauen und Billard. Oder eben über mich. Meistens reicht ein gemeiner Blick, und die Jungs verstummen. Einen Bodyguard brauche ich nicht. Auch wenn Jared sich offenbar dazu berufen fühlt, mich hier vor allen anderen zu verteidigen. Er tritt um den Tisch herum und bleibt bedrohlich nah vor Trevor stehen.

»Hast du noch was zu sagen?«

»O entschuldige, Jared. Habe ich deine kleine Freundin beleidigt?«

Trevor ist, wenn er getrunken hat, bekannt für seine dämlichen Sprüche, die oft unter die Gürtellinie zielen und nur diejenigen treffen, die ihm Aufmerksamkeit schenken. Deswegen prallen sie an mir oft ab. Jared hingegen scheint so seine Probleme mit ihm zu haben. Nur so kann ich mir seine Reaktion auf Trevors Gequatsche erklären. Sonst kann er doch auch ganz cool mit solchen Typen umgehen. Myers scheint aber bei ihm einen wunden Punkt getroffen zu haben.

»Was ist los, Lynn? Hat es dir die Sprache verschlagen?«

Trevor schielt an Jareds Schulter vorbei zu mir und zieht eine Augenbraue hoch, als könne er nicht glauben, was hier passiert.

»Jared, lass den Idioten. Wir haben hier ein Spiel laufen.«

Meine Worte scheinen ihn aber nicht zu erreichen, denn noch immer steht er regungslos vor Trevor und starrt ihn an. Als würde er nur auf eine weitere Bemerkung warten, um ihm endlich seine Faust ins Gesicht zu rammen. Jareds Körper ist angespannt, und die Stimmung droht zu kippen.

»Ich erhöhe den Einsatz!«

Sarah wirft einige Geldscheine auf den Tisch und sieht dann lächelnd zu Jared.

»Fünfzig Dollar auf Jared!«

Wieder wird es lauter, als die Menge grölend zustimmt und noch mehr Geldscheine auf den grünen Filz flattern. Jared dreht sich zu mir um und scheint nicht so recht zu wissen, wie er damit umgehen soll. Aus einem Spiel zwischen zwei Menschen wird plötzlich ein Event, den die meisten hier für das Unterhaltungsprogramm des Abends halten. Mir gefällt diese Wendung ebenso wenig wie ihm.

»Fünfzig Dollar auf Lynn!«

Claires Stimme zittert, als sie lauter wird und von ihrem Platz im Eck nach vorn tritt. Fast wäre sie unbemerkt durch den Abend gekommen, aber jetzt blicken alle auf sie. Sie legt die Scheine auf den Tisch und sieht mich aufmunternd an. Was passiert hier gerade? Immer mehr Leute entscheiden sich, auf unser Spiel zu setzen. Es geht inzwischen um richtig viel Geld, und die Aufmerksamkeit steigt mit jedem Schein, der auf den Tisch flattert. Bisher habe ich für mich gespielt. Meine Ziele verfolgt. Das Geld für Dave gemacht, nicht für die Massen gespielt – und daran soll sich auch nichts ändern. Jared dreht sich zu mir um und schüttelt den Kopf.

»Du musst das nicht machen.«

Denkt er wirklich, ich kneife? Vor Trevor, Sarah und dem Rest? Niemals! Wenn ich eines gelernt habe, dann das: man kneift nicht.

»Ich gebe nicht auf.«

Er kommt um den Tisch zu mir, packt meinen Arm und zieht mich ein wenig zur Seite, während Trevor versucht, die Wetten und das Geld zu überblicken.

»Hör zu, Lynn. Trevor würde dich liebend gern verlieren sehen, aber ...«

Ich reiße meinen Arm aus seiner Umklammerung und stoße ihn von mir. Das ist so verdammt typisch!

»Ich werde nicht verlieren!«

»Das meinte ich nicht ... er wird dich reizen, ablenken und dich beleidigen. Du verlierst den Fokus, und dann verlierst du das Geld.«

Das Geld, das ich dringend brauche, was ich ihm aber nicht sagen will. Vermutlich nimmt er an, ich muss meine Miete oder das Essen bezahlen, aber es ist viel wichtiger. Natürlich weiß ich, dass er recht hat. Es wäre einfach, hier auszusteigen. Aber dann würde ich aufgeben.

»Das schafft Trevor nicht. Er ist ein Idiot.«

»Genau deswegen.«

»Unterschätz mich nicht.«

»Lynn ...«

»Ich brauche keinen Babysitter, Jared! Spielen wir jetzt oder was?«

Seine Augen mustern mich genau, und er scheint noch immer nicht sicher zu sein. Hat er Angst vor einer Niederlage oder vor dem Sieg? Beides wäre ihm zuzutrauen. Schließlich nickt er, und wir treten wieder an den Tisch zurück. Trevor begrüßt uns mit einem breiten Lächeln.

»Haben die Damen das Problem geklärt?«

Es scheint ganz so, als wolle er nicht nur mich, sondern auch Jared aus der Ruhe bringen. Für mich ist er einfach nur ein Idiot. Für Jared scheint er allerdings ein rotes Tuch zu sein, denn selten habe ich ihn so wütend erlebt. Nicht offensichtlich, nur wenn man ihn genau beobachtet. Und das tue ich. Die Ader an seinem Hals schwillt immer wieder bedrohlich an, die Kieferknochen treten hervor, und sein Blick spricht eine deutliche Sprache. Erschrocken bemerke ich, wie genau ich Jared studiere. Gerade dann, wenn ich mir eingeredet habe, dass mein Blick nur ganz zufällig zu ihm rüberwandert, er mich nicht interessiert und sein Charme bei mir nicht funktioniert, sind mir zahlreiche Einzelheiten aufgefallen. Das kleine Muttermal in seinem Nacken, das ich gern berühren oder küssen würde. Die längliche Narbe auf seinem Unterarm, die schon lang verheilt sein muss, aber nach einem bösen Unfall aus seiner Kindheit aussieht. Die Art und Weise, wie er die Augenbrauen zusammenzieht, wenn er sich konzentriert. Die Muskeln seines Oberarms, wenn er eine Kiste Bier trägt. Seine Lippen, die einladend aussehen und mich – wie auch jetzt – kurz aus dem Konzept bringen … Jared beugt sich über den Tisch und visiert eine Kugel genau an. Sein Hintern, der in der Jeans perfekt aussieht, der Bund seiner Boxershorts, der wie eine Einladung zu erkennen ist, weil das T-Shirt ein Stück nach oben rutscht und noch dazu den Blick auf ein kleines bisschen Haut freigibt. Haut, die ich berühren und erkunden will.

Reiß dich, verdammt noch mal, zusammen, Lynn! Deswegen bist du nicht hier!

Jared locht Kugel um Kugel ein, bis wieder eine haarscharf am Ziel vorbeigeht. Ich bin dran. Es braucht einen kurzen Moment, um meine Gedanken zurück auf das Wesentliche zu lenken. Auf das Spiel – und nicht auf Jareds Hintern. Oder die Frage, welche Farbe seine Boxershorts hat, ob sie eng anliegt oder weit geschnitten ist.

Ich schaue mir die Kugeln auf dem Tisch an und nehme erst mal einen Schluck aus meinem Glas. Meine Kugeln liegen recht ungeschickt verteilt auf dem grünen Filz. Es bedarf eines riskanten Spielzugs. Zweimal die Bande. Das könnte hinhauen. Ich darf jetzt keine Fehler mehr machen. Jared lehnt mir gegenüber an der Wand, den Queue hat er unter seinen Oberarm geklemmt, und sein sanfter Blick ruht auf mir, ein Lächeln liegt auf seinem Gesicht. Verdammt, wenn er mich so ansieht …

Ich reibe den Kreidewürfel über die Spitze und konzentriere mich genau auf das, was ich zu tun habe. Dave hat es mir beigebracht. Er weiß, wie es geht, und er weiß, dass ich es kann. Ich stelle mir sein rundliches, lächelndes Gesicht vor und schließe einen Moment die Augen. So wie damals in Oceanside, als wir nach der Schule eine Runde Billard gespielt haben. Ohne Druck, ohne das echte Leben. Wie Kinder. Dann hole ich mit dem Queue aus und treffe die Kugel mit voller Wucht.

»Verdammte Scheiße! Woher kann sie so was?«

Trevor starrt mit offenem Mund auf die Kugel, die ins anvisierte Loch fällt, und sieht dann zu mir. Es ist zu offensichtlich, dass er mich unterschätzt hat. So wie viele hier. Angespornt von dem Stoß, entscheide ich, die nächste Kugel ebenfalls etwas spektakulärer einzusacken. *Nicht übermütig werden*, das waren Daves Worte, aber ich kenne meine Grenzen. Ich weiß, bis wohin ich gehen kann. Wo das Eis dünn wird.

Jareds Lächeln wird ein bisschen breiter, als er begreift, was ich vorhabe – und es gefällt mir. Er lächelt anerkennend. Die meisten hier haben keine Ahnung von dieser Sportart und schaffen es betrunken gerade mal so, die Kugel anzustoßen. Für weit mehr reicht ihr Geschick nicht aus. Jared hingegen weiß, wie das Spiel zu spielen ist. Das habe ich schon bei seinem ersten Stoß bemerkt. Nein, er unterschätzt mich kein Stück.

Das Gejohle wird lauter, als mir auch der nächste Stoß gelingt. Die Zweifler werden weniger, die Begeisterung für meine Spielweise steigt, und das wirkt wie eine Droge auf mich. Davon angestachelt, traue ich mich mehr und genieße das Spiel für einen kleinen Moment. Nicht zu sehr, weil ich mich sonst verliere. In Erinnerungen, wie es damals war und wie es auch jetzt noch sein könnte, wenn ein Moment nicht alles verändert hätte. Simons Gesicht blitzt vor meinem inneren

Auge auf, und mein Arm rutscht ab. Der Stoß geht in die Hose. Und zwar so richtig. Meine Kugel stößt Jareds Kugel ins Loch. Verdammt!

»Oooouch! Da ist wohl jemand vom hohen Ross gefallen!«

Trevors Lachen erfüllt den Raum, und er lässt sich von seinem Rudel idiotischer Motorradfreunde auf den Rücken klopfen, als hätte er den entscheidenden Touchdown geschafft. Simons Gesicht ... sein Lächeln. Kurz war alles wieder da. Jared hat nur noch diese Kugel. Wenn er trifft, dann war es das. Und er wird treffen. Weil er zu gut ist und die gleichen Tricks zu beherrschen scheint, die auch ich kenne. Diese Kugel wird er sich nicht nehmen lassen. Ich verliere nicht nur das Geld, sondern auch mein Gesicht. *O Simon, wieso ausgerechnet jetzt?* Die Menge im Rücken und nur Jared vor mir, erlaube ich mir diesen Augenblick Schwäche und kämpfe gegen die Tränen an. Heute werde ich das Geld nicht mehr auftreiben. Dabei wollte ich am Wochenende ...

Jared sieht mich kurz an, das Lächeln ist verschwunden, seine Augen sind klar. Mit großer Selbstsicherheit lehnt er sich an den Tisch, visiert die Kugel an und sieht dann zu mir hoch. Er weiß es. Keine Ahnung, woher oder wie, aber er weiß es. Als würde er durch mich hindurchsehen und es wissen: mein Geheimnis, mein altes Leben, Simon ...

Er holt aus und trifft die Kugel mit voller Wucht. Sie bekommt einen kräftigen Effet und dreht sich an dem Loch vorbei gegen die Bande, wo sie nach einigen Zentimetern zum Stehen kommt.

»Was, zum ...«

Trevor kann es nicht fassen. Niemand kann es fassen. Ich

sehe noch immer zu Jared, der eine Augenbraue nach oben zieht und entschuldigend, mit einem kurzen Lächeln, die Schultern zuckt.

»Daneben!? Den Stoß setzt du daneben!?«

Sarahs piepsige Stimme klingt geradezu schockiert.

»Das muss ich mir nicht geben.«

Das Klacken ihrer Highheels verrät ihren wütenden Abgang, bevor ich mich auch nur im Ansatz umdrehen kann. Jared grinst noch immer.

»Whoops!«

Damit ist der Weg frei für mich. Ein Stoß, ein Treffer. Das Spiel ist aus. Das Geld gehört mir. Natürlich weiß ich, was er getan hat. Natürlich wollte ich nicht auf diese Art gewinnen.

Jared streckt mir seine Hand entgegen und grinst.

»Gutes Spiel, Lynn.«

Ich nehme sie, nicht weil das Spiel gut war, sondern weil ich dadurch einen Anlass habe, ihn zu berühren. Das stillt das Verlangen zwar nicht zur Genüge, aber es hilft für den Augenblick.

»Gutes Spiel, Jared.«

»Toller letzter Stoß.«

Seine Hand will meine nicht loslassen, obwohl die durchschnittliche Zeit für das Händeschütteln schon überschritten ist. Ich bin froh, dass er mich nicht loslässt. Fragen bilden sich in meinem Kopf, die ich stellen will – aber nicht hier, nicht vor all diesen Leuten. Claire kommt aufgeregt, die Wangen gerötet, zu uns rüber und springt mir förmlich in die Arme. Somit ist Jared gezwungen, mich loszulassen.

»Das war der reinste Wahnsinn! Wo hast du so was gelernt?«

»Was denkst du, was ich mache, wenn ich bei den Vorlesungen fehle?«

Claire strahlt und hält mir einen kleinen Stapel Papier vor die Nase.

»Da! Alles deines! Das müssen wir feiern!«

Sie ist aufgeregter als ich, und das wirkt ansteckend. Wieso auch nicht? Heute Abend darf auch ich einmal zufrieden lächeln. Natürlich weiß ich, wem ich das zu verdanken habe.

»Bestell mir ein Bier, ja? Ich komme gleich zur Bar.«

Vorher muss ich noch etwas loswerden, aber während Claire zur Bar geht und ich mich zu Jared drehe, kommt ein wütender Trevor dazwischen. Mit ausgestrecktem Finger zeigt er auf Jared, der die Queues wieder an die Wand stellt und die Kugeln einsammelt.

»Parker, du bist und bleibst ein Loser!«

Jared zuckt nur teilnahmslos die Schultern.

»Aus deinem Mund klingt das fast wie ein Kompliment.«

»Der ganze Aufwand, nur um die Kleine ins Bett zu kriegen. Da hättest du lieber das Geld nehmen sollen. Sie ist es nicht wert.«

Etwas an Jareds Körperhaltung verändert sich erneut wie vorhin während des Spiels, als müsste er plötzlich mehr Energie darauf verwenden, nicht handgreiflich zu werden.

»Pass auf, was du sagst!«

»Wieso? Was passiert denn sonst?«

Trevor baut sich möglichst breit vor Jared auf und will ihn mit seiner Größe beeindrucken, aber ich bin mir gar nicht mehr so sicher, ob Jared überhaupt noch klar sehen kann. Trevor grinst ihn breit an.

»Jared ...«

Es ist ein lächerlicher Versuch, die beiden Männer zu beruhigen, etwas anderes fällt mir nur leider nicht ein. Trevor greift nach Jareds Kette, die wie immer um seinen Hals baumelt, und zieht ihn daran noch ein Stück näher zu sich heran.

»Na, was passiert sonst? Haut mir der stolze Soldat eine aufs Maul?«

»Lass die Kette los …«

Trevor scheint nicht mal daran zu denken, sein Grinsen wird nur noch breiter. Er hat Jared da, wo er ihn haben will. Seine Provokation steht kurz vor der Vollendung.

»Sonst …?«

Es passiert so schnell, ich kann nicht reagieren. Jared geht wie wild auf Trevor los, packt ihn an der Schulter und wirbelt ihn herum. Seine Faust schlägt in Trevors Gesicht. Einmal. Zweimal. Dann schafft Trevor es irgendwie, seine Deckung hochzuziehen, und Jareds Schläge landen im Leeren.

»Was soll das? Hört auf!«

Jareds rechter Haken trifft Trevor an der linken Körperseite, auf Höhe der Nieren. Schmerzverzerrt krümmt Trevor sich, holt aus und trifft Jared knapp oberhalb des linken Auges. Trevor ist massiger als Jared, muskelbepackter, aber Jared ist flink, weicht dem zweiten Schlag aus und wirft sich dann mit voller Wucht gegen Trevors Oberkörper. Sie fallen krachend über einen Barhocker und landen auf dem Boden. Trevor bekommt eine halb leere Bierflasche zu fassen und versucht, sie Jared über den Schädel zu ziehen. Nur mit Mühe weicht er der Attacke aus, bevor Myers ihn von sich schubst und einen Tritt in Jareds Magengrube landet. Jared rappelt sich erstaunlich schnell wieder auf, und es folgt eine Reihe von Schlägen, die Trevor auf der Nase und Jared am Kinn trifft. Dann schaffen es die anderen Männer endlich, die beiden voneinander zu trennen. So was habe ich oft gesehen. Auch hier schon. Aber nie war Jared beteiligt, nie habe ich diese aggressive Seite an ihm erlebt.

Matt, der Besitzer der Bar, packt Jared am Arm und drückt ihn gegen die Wand.

»Komm wieder runter, Junge! Er ist es nicht wert!«

Schwer atmend starrt Jared an Matt vorbei zu Trevor, der sich ein Taschentuch reichen lässt und die Blutung seiner Nase stillen will. Ich sehe Claire an der Bar, wie sie verängstigt die beiden Bierflaschen in der Hand hält und zu mir schaut. Jetzt ist der Zeitpunkt gekommen, sie nach Hause zu bringen, bevor wirklich etwas passiert. Jared scheint sich noch immer nicht beruhigen zu wollen. Er versucht nach wie vor, sich von den Männern, die ihn zurückhalten, zu befreien, aber sie haben ihn fest im Griff.

»Hey! Willst du wegen dem Idioten deinen Job verlieren?« Matt brüllt ihm die möglichen Konsequenzen seines Verhaltens ins Gesicht, und nur langsam beruhigt sich Jared. Er blutet an der Augenbraue, am Hinterkopf und an der Lippe, spuckt etwas Blut auf den Boden und schüttelt den Kopf.

»Dann komm wieder zu dir, verdammt noch mal!«

Trevor lässt sich von seinen Freunden zur Bar führen. Es wirkt so, als wollten sie Sicherheitsabstand zwischen die beiden Männer bringen, denn keiner hier hat Lust auf eine Massenschlägerei. Und genau das würde es werden, wenn jetzt nicht Ruhe einkehrt. Ich signalisiere Claire, dass ich gleich bei ihr bin und wir dann heimfahren, bevor ich mit wenigen Schritten bei Jared bin, der sich inzwischen etwas beruhigt hat. Er zieht sein T-Shirt nach oben und wischt sich damit das Blut von der Schläfe. Mein Blick fällt auf seinen Oberkörper, den ich zum ersten Mal nackt sehe. Auf seinen flachen, trainierten Bauch, die ausgeprägten Muskeln, die Schweißperlen auf seiner Haut, die heftige Atmung. Erst als er das T-Shirt wieder nach unten rutschen lässt, kann ich erneut klare Gedanken fassen.

»Was sollte das gerade?«

Er sieht mich nicht an, stattdessen greift er in seine Hosentasche und zieht den Geldschein hervor, den er mir noch schuldet.

»Dein Gewinn.«

»Ich scheiß auf den Gewinn! Was sollte das?«

Er drückt mir wütend den Dollarschein in die Hand; dabei bemerke ich, dass seine Hand zittert. Ein Gefühl überfällt mich, ohne dass ich es kommen sehe. Es erwischt mich wie eine Welle und reißt mich mit. Sanft lege ich meine Hand um seine, halte sie fest.

»Was ist gerade passiert, Jared?«

Noch immer starrt er auf den Boden, bewegt sich keinen Zentimeter. Ich kann spüren, welcher Sturm in seinem Inneren tobt. Sein Körper ist wie aus Stein, jede Faser davon ist angespannt, als wäre er gar nicht mehr hier. Meine Hand wandert über seinen Unterarm, an der Narbe entlang bis zu seinem Ellbogen. Ich ziehe ihn ein wenig zu mir heran, bis nur noch wenige Zentimeter uns trennen.

»Rede mit mir ...«

Seine Augen sind dunkel, sein Blick ist verletzt und glasig. Ich will ihn in den Arm nehmen, unterdrücke diesen Impuls aber mit aller Macht – aus Angst, er würde mich von sich schubsen.

»Gute Nacht, Lynn.«

»Jared, ich …«

Aber er bleibt nicht stehen, geht an mir vorbei, würdigt niemanden eines Blickes und verlässt schließlich die Bar. Sein Verhalten sollte mich abschrecken. Dieser plötzliche Vulkan an Emotionen. Genau das Gegenteil ist der Fall. Ich will wissen, was es damit auf sich hat. Ich will für ihn da sein. Ein Gefühl, das ich nie mehr zulassen wollte.

»Können wir bitte nach Hause gehen?«

Claire wirkt wie ein verschüchtertes Reh. Diese Bar ist wahrlich kein Ort für sie, ich hätte auf mein Bauchgefühl hören sollen. Die Geschichte hier wird sich schnell und weit verbreiten. Schon morgen werde ich verschiedene absurde Versionen auf den Fluren der Uni zu hören bekommen. Dieser Abend ist vorbei. Das Geld gehört mir, der Sieg war geschenkt und die Schlägerei ungeplant. Als wir nach draußen ins Freie treten, hält Claire sich an meiner Hand fest, als würde sie ungeahnte Todesängste durchstehen müssen. Jareds Mustang steht noch auf dem Parkplatz. Ich weise zu meinem Wagen und gebe Claire die Schlüssel.

»Steig ein, ich komme gleich.«

Sie nickt und rennt so schnell über die Straße zum Volvo, dass ich fast schmunzeln muss. So schlimm war der Zwischenfall nun auch wieder nicht, aber Claire fühlt sich bestimmt aus vielen verschiedenen Gründen unwohl. Ich warte, bis ich sehe, dass sie im Inneren Platz genommen hat und die Türknöpfe nach unten gedrückt hat. Dann sehe ich mich suchend die Straße entlang um. Einige Meter weiter entdecke ich ihn schließlich. Er sitzt auf einer Parkbank und versucht, mit einem Taschentuch das Blut aus dem Gesicht zu wischen, als ich neben ihm stehen bleibe. Er sieht nicht zu mir hoch, aber er weiß auch so, wer ich bin.

»Trevor und du, ihr scheint da ja einen ganz besonderen Moment geteilt zu haben.«

Jared nickt und starrt weiter vor sich auf den Asphalt.

»Nimm es mir nicht übel, Lynn …«

Er hebt den Blick und sieht mich aus leicht glasigen Augen an, die nicht mehr so verführerisch glitzern wie in meiner Erinnerung. Eine Erinnerung, die mich in meinen Träumen überfällt, häufiger, als mir lieb ist.

»… aber das ist privat.«

»Eure Schlägerei war aber ziemlich öffentlich.«

Seine Mundwinkel zucken kurz nach oben, aber dann wird er wieder ernst, und mir wird klar: Er will nicht darüber sprechen. Betont lautstark atme ich aus.

»Wenn du trotzdem jemanden zum Reden brauchst …«

War das vor ein paar Stunden noch sein Angebot an mich, gebe ich es nun bereitwillig zurück. Jared versucht zu lächeln, aber die Wunde an der Lippe weiß das zu verhindern. Langsam schüttelt er den Kopf.

»Danke fürs Angebot.«

Natürlich nicht. Jared Parker ist ein tougher Typ, der sich wegen eines dummen Spruches auf ein Faustduell einlässt, aber niemals über seine Gefühle sprechen würde. Wieder eine Gemeinsamkeit, die ich bei uns entdecke. Genervt greife ich nach dem Taschentuch in seiner Hand und trete einen kleinen Schritt näher. Wenn er hier nur so sitzt, wird das nicht besser.

»Du solltest das ordentlich auswaschen. Das hinterlässt eine hässliche Narbe.«

Ich gehe neben ihm in die Hocke und tupfe vorsichtig und möglichst zärtlich über seine aufgeplatzte Augenbraue, bedacht darauf, ihm nicht weh zu tun. Dennoch zuckt sein Auge kurz, dann beißt er die Zähne zusammen. Vermutlich kein besonders angenehmes Gefühl, wie ich mir vorstellen kann.

»Tut mir leid …«

Er schließt die Augen, und ich tupfe so viel Blut wie möglich von seiner Wange, bemerke, wie verdammt gut er riecht, und verliere mich fast in diesem Duft. Diese Mischung aus Aftershave, Schweiß und Wut … diese Mischung, die sich wie ein Tornado zusammenbraut und mich überfallen will. Mit der anderen Hand greife ich nach seinem Kinn und drehe seinen Kopf so, damit ich es leichter habe, seine Wunde zu behandeln. Noch immer hält er die Augen geschlossen, und ich spüre ein Lächeln auf meinen Lippen, während ich ihn betrachte. Er sieht nicht nur gut aus, seine Haut fühlt sich auch noch unverschämt gut an. Am Kinn, wo sich Bartstoppeln tummeln, fahre ich sanft mit meinem Daumen über die Haut und vergesse kurz meine eigentliche Aufgabe. Die Wunde hört auf zu bluten, aber ich wünsche mir, ich könnte noch eine kleine Weile hier neben ihm knien, ihn betrachten und berühren. Ohne Vorwarnung öffnet er die Augen, und sein Blick trifft mich überraschend. Ich muss schlucken und hoffe sehr, er kann meine Gedanken nicht lesen. Ein sanftes, fast liebevolles Lächeln umspielt seine Lippen, als ich sein Kinn loslasse und das Taschentuch zerknülle.

»Das dürfte reichen.«

Er nickt, ohne den Blick von mir abzuwenden. Wäre es wirklich schlimm, wenn ich ihn jetzt und hier küsse?

»Danke.«

Seine Stimme klingt weich und zart, er kommt mir dadurch viel näher, als er glaubt. Mir wird etwas schwindlig, und ich stehe wieder auf, will flüchten wie immer in einer solchen Situation, aber Jared ist schneller und greift nach meiner Hand. Stromschläge sind nichts im Vergleich zu dem, was seine Berührung in mir auslöst.

»Das mit Trevor … das war …«

Er sucht nach Worten, die ihm entweder nicht einfallen oder nicht über die Lippen kommen wollen. Kurz weicht er meinem Blick aus, als würde es ihm leichter fallen, mir dabei nicht in die Augen sehen zu müssen.

»Diese Kette … die bedeutet mir sehr viel.«

Seine Stimme klingt schlagartig angespannt. Wieder wird mir klar, dass ich gar nichts über ihn weiß. Nur dass ich ihn unbedingt in den Arm nehmen will. Weil ich verstehe, dass wir beide kaputt sind. Zu sehr, um es zuzugeben. Wir scheinen uns ähnlicher zu sein, als ich angenommen habe.

»Okay.«

Das ist eine dumme Antwort, aber ich weiß nicht, was ich sonst sagen soll. Wenn er meine Hand noch lang in seiner hält, weiß ich auch nicht mehr, wie ich heiße und wie lang ich mich noch zurückhalten kann. Seine Lippen … Ich will unbedingt wissen, wie sie sich anfühlen. Schnell drücke ich seine Hand, bevor ich meine aus seiner ziehe und in die Richtung meines Wagens zeige.

»Ich bringe Claire nach Hause.«

»Klar.«

Ich nicke und reiße mich endlich vom Anblick eines traurigen, blutenden Jared los, der in dieser Nacht allein zurückbleibt. So habe ich ihn mir bisher nicht vorgestellt. Vor allem aber werde ich ein Gefühl nicht los: die Faszination für Jared. Was für ein Mensch ist dieser Parker? Und was muss ich tun, um das in Erfahrung zu bringen?

Kapitel 5

Mit Leichtigkeit hebt er mich hoch und setzt mich auf dem Billardtisch ab. Hier, wo wir gestern noch Rivalen waren. Hier, wo ich ihn gestern schon berühren wollte. Hier, wo er mir das Top auszieht, als könne er meine Gedanken lesen, meine sehnlichsten Wünsche. Als ob wir gestern Nacht dieses stille Abkommen getroffen hätten, heute hier zu sein. Sein Blick brennt auf mir. Er hinterlässt eine Gänsehaut, die sich langsam auf meinem Rücken ausbreitet. Seine eisblauen Augen ziehen mich aus. Und allein beim Gedanken an das, was jeden Moment passieren wird, beschleunigt sich mein Herzschlag, und meine Hände zittern. Die Spannung liegt elektrisch in der Luft, ich bilde mir ein, sie zwischen unseren Körpern sehen zu können. Meine Augen sind geschlossen. Ich spüre Jared in mir, seine Hände auf meiner Haut, seine Lippen auf meinen. Die Bilder in meinem Kopf ziehen sich pochend in meinem Bauch zusammen. Wir bewegen uns nicht. Wir sehen einander nur an. Es sind Blicke, die miteinander sprechen, flüstern. Mein flacher Atem und das harte Schlucken durchbrechen die Stille, alles legt sich als freches Grinsen auf Jareds Lippen. Er kommt näher, und ich spüre seinen Atem auf meiner Haut. Er zieht mich plötzlich an sich, ich atme scharf ein. Die Wärme seines Körpers trifft auf meinen. Ich spüre seine Bauchmuskeln und seine Erregung zwischen meinen Beinen. Das Pulsieren, das mich trifft, kribbelt überall. Mein Körper ist mir fremd wie ein anderes Wesen, das ich gerade zum ersten Mal treffe.

Seine Lippen streifen über meinen Hals, und meine Muskeln spannen sich an. Ich spüre seine Zunge auf meiner Haut, die eine feuchte Linie hinterlässt, und seinen flachen Atem, der sich kühl auf meine Haut legt. Jared nimmt mein Gesicht zwischen die Hände und sieht mich an. Seine Augen durchschauen mich, lesen in mir. Sie sind wie eine Invasion in meine Gedanken. Doch bevor ich die Mauer hochziehen kann, die mich beschützen soll, küsst er mich. Und dieser Kuss wirft mich aus der Bahn. Er bebt durch meinen Körper, läuft als eisiger Schauer über meine Haut. Ich spüre ihn überall. Mein Herz galoppiert in meinem Brustkorb. Seine Zunge erobert meinen Mund, spielt mit meiner. Jared saugt an meiner Unterlippe, beißt sanft zu. Ich atme hektisch und ziehe ihn noch näher an mich heran. Ich will ihn spüren. Überall. Und so, als würde er meine Gedanken lesen, gleiten seine Hände zu meiner Hose, die er mit sicheren Handgriffen öffnet, während er mich weiter küsst und mit jeder Sekunde meine Zweifel ein Stückchen weiter wegschiebt. Ich stütze mich ab und helfe ihm, mir die Jeans auszuziehen. Kühle Luft trifft auf meine brennende Haut. Seine Hände halten mich, ziehen mich wieder näher an ihn heran. Hastig greife ich nach seinem T-Shirt und ziehe es ihm achtlos über den Kopf. Sein Oberkörper ist durchtrainiert, und die Muskeln spielen bei jeder seiner Bewegungen unter seiner leicht gebräunten Haut. Mit beiden Händen streiche ich über seine Brust, spüre die Wärme seines Körpers, spüre, wie er auf mich reagiert. Ich lasse meine Fingerspitzen über seinen Bauch gleiten und genieße seinen schneller werdenden Atem. Das wollte ich gestern schon tun. Eigentlich schon, seit ich Jared Parker das erste Mal gesehen habe.

Ich öffne blind den Gürtel seiner Jeans, dann die Knöpfe. Ich spüre die Feuchtigkeit zwischen meinen Schenkeln, den Stoff des Slips, der bei jeder Bewegung reibt, und an meinen Fingern spüre ich seine Härte. Die Hitze dringt an die Oberfläche, und seine Hände finden den Verschluss meines BHs. Oh, mein Gott! Ich schiebe erst seine Jeans nach unten, dann die Boxershorts. Ich denke nichts mehr. Meine Hände handeln ohne meine Erlaubnis. Jared atmet scharf ein, und dieses Geräusch kribbelt überall. Uns trennt nur noch der dünne Stoff meines roten Slips. Ich stütze mich noch einmal auf dem Billardtisch ab, und Jared streift ihn mir ab. Unsere Blicke haften aneinander, während er sich langsam zwischen meine Schenkel drängt und mein Becken noch näher an sich heranzieht. Wir atmen flach, das Blut rauscht durch meinen Körper. Dann dringt er in mich ein. Und dieses Gefühl sprengt mein Gehirn. Alles in mir vibriert, als würde die Erde beben. Er bewegt sich in mir, küsst mich. Ich halte mich an ihm fest und spüre seine Haut an meiner, seine Zunge, seine Lippen. Ich spüre ihn, wie er ein Teil von mir wird. Wie er tief in mich dringt und dann wieder aus mir herausgleitet. Haut auf Haut. Mein Körper, der ihn verschlingt. Ich seufze in seinen Mund, verliere mich in diesem unbeschreiblichen Gefühl. Die Hitze wird zu einem Flächenbrand, und das Saugen tief in meinem Bauch wird immer intensiver. »Lynn ...« Dieses angestrengte Flüstern gibt mir den Rest. Jeden Augenblick. Gleich ...

Ein schrilles Geräusch lässt mich hochschrecken. Ich atme viel zu schnell, mein Schlaftop klebt an meinem Oberkörper und der Slip zwischen meinen Beinen. Ich beende das schreckliche Piepen, das mich aus einem viel zu intensiven Traum reißt, mich aus der Umklammerung erlöst, kurz bevor es in meinem Inneren zur Explosion kommen konnte. Ich blinzele gegen das Sonnenlicht, das durch die halb geöffneten Rollos ins Zimmer fällt. Claires Bett ist leer, ich höre die Dusche nebenan und bin heilfroh, dass sie mich nicht dabei ertappt hat, wie ich … Erneut schließe ich die Augen, und sofort ist Jareds Gesicht wieder präsent. Das Lächeln, diese Lippen … Was hätte ich dafür gegeben, diesen kurzen Traum zu Ende zu träumen. Zu lang habe ich diese Art des Genusses im realen Leben nicht mehr erleben dürfen. Ja, ich sehne mich danach. Bisher waren es in solchen Träumen gesichtslose Männer, die meiner Phantasie entsprungen sind. Diesmal war es anders. Es hat sich so verdammt real angefühlt. Als wären es wirklich Jareds Hände, die über meinen Körper gewandert sind. Bevor ich zurück in den Strudel aus Lust und Traum stolpere, schlage ich die Bettdecke zur Seite und setze mich auf. Momente der Schwäche sind erlaubt, solange sie keinen Schaden verursachen. Allein in diesem Bett darf auch ich von dem träumen, was sich so viele Frauen von Jared erhoffen. Aber sobald ich durch diese Tür trete, muss das aufhören! Vor allem heute brauche ich meine Gedanken klar und konzentriert. Nicht nur wegen der Autofahrt. Viel mehr wegen dem Reiseziel – und allem, was mich erwartet.

»Komm schon, komm schon, komm schon!«

Manche Leute sprechen mit ihren Hunden, ich mit meinem Wagen. Das habe ich schon immer getan, das werde ich auch immer tun. Er ist mir freundlich gesinnt, wenn ich mit ihm rede, und er rollt dann auch schon mal auf den letzten Metern ohne Sprit bis zur Tankstelle. Jetzt bin ich knapp zwanzig Meilen aus Boston raus, und der Motor will nicht mehr. Ein leises Puffen, viel Rauch – und das war es. Selbst meine beruhigenden Worte funktionieren nicht mehr. Dabei ist es heute verdammt wichtig, nach Oceanside zu kommen. Dieser Volvo begleitet mich, seitdem ich den Führerschein habe. Okay, schon ein bisschen länger, seit mir Simon die Gangschaltung erklärt hat. Jetzt lässt er mich zum ersten Mal wirklich hängen. Das kann ich ihm verzeihen, vor allem in seinem hohen Alter. Aber ausgerechnet heute ist es so verdammt wichtig.

Auch ein Blick unter die Motorhaube bringt keine neue Erkenntnis. Ich mag ja einiges von Autos verstehen, aber es reicht nicht, um eine Diagnose stellen oder des Problems Lösung finden zu können. So stehe ich nur am Straßenrand und starre auf das Innenleben meines geliebten Volvos. Wen könnte ich anrufen? Wer hilft mir? Claire hat kein eigenes Auto. Und wem traue ich genug? Dem Pannendienst. Das kostet Geld. Egal. Ich muss nach Oceanside.

Mit dem Handy am Ohr gehe ich einige Schritte vom Wagen weg und wähle die Nummer, als ein Auto hinter meinem Volvo zum Stehen kommt. Gott sei Dank, es gibt also noch Menschen mit einem Herz für …

»Hast du ein Problem mit dem Wagen?«

Jared! Ausgerechnet Jared. Langsam kommt er auf mich zu. Er trägt ein schwarzes T-Shirt, Jeans und Turnschuhe. Seine Augen hat er zum Glück hinter einer Sonnenbrille versteckt.

»Nein, ich finde nur, er sieht am Straßenrand mit offener Motorhaube unglaublich dekorativ aus.«

Damit verschränke ich die Arme vor der Brust, weil ich nicht zugeben will, wie sehr ich mich freue, dass ausgerechnet er hier auftaucht. Trotzdem huscht ein Lächeln über mein Gesicht, das Jared natürlich auffällt. Wie sehr mich sein Anblick an meinen Traum erinnert. Meine Wangen glühen schon bei der Erinnerung an die Details …

»Soll ich mal einen Blick riskieren?«

»Wenn du willst.«

Vermutlich mustern mich seine Augen genau, aber wegen der verspiegelten Pilotenbrille kann ich das nicht erkennen. Es macht mich nervös, dass er mich beobachtet, ich aber nicht weiß, welchen Körperteil er in den Fokus nimmt. Meine nackten Beine, die in Jeansshorts stecken, fühlen sich plötzlich noch nackter an.

»Okay.«

Er geht um den Wagen herum und beugt sich über den Motor. Nicht auf seinen Hintern starren! Nicht auf seinen … verdammt heißen Hintern starren. Mist! Kurz flackert die Vorstellung seiner Zunge auf meinem Körper auf. Wie er zwischen meine Beine gleitet, wissend, was er tun muss, um mich …

»Der muss in die Werkstatt.«

Er wirft mir einen kurzen Blick über die Schulter zu und schließt dann, ohne ein weiteres Wort, die Motorhaube.

»So schlimm wird es schon nicht sein. Ich warte auf den Pannendienst und dann …«

»Ein Kumpel von mir hat eine Werkstatt. Ich könnte ihn anrufen.«

»Das ist nicht nötig …«

»Ryan ist der Beste, wenn es um Autos geht. Vertrau mir, der macht ihn dir wieder flott.«

Kann ich es wirklich zulassen, dass Jared mir zum zweiten Mal einen Gefallen tut? Mir hilft? Was wird er als Gegenleistung verlangen? Ich beobachte sein Gesicht genauer, bemerke die aufgeplatzte Lippe und verstehe auch, wieso er die Brille noch immer auf der Nase hat. Nach der Schlägerei gestern wird er heute nicht besonders tageslichttauglich aussehen.

»Morgen ist der Wagen wie neu.«

»Morgen? Das ist zu spät. Ich brauche ihn heute!«

»Hast du einen Termin oder so was?«

Ja, verdammt, aber das geht ihn nichts an, und ich will es auch nicht erklären müssen. Es ist schon schlimm genug, dass er jetzt wieder hier ist. Wie der Ritter auf dem weißen Pferd taucht er mit seinem Auto hier als Helfer auf, ungeplant und ungewollt. Nein, zu viele Zufälle. Zu viele glückliche Zufälle. Für solche Dinge zahlt man einen hohen Preis. Vertrauen. Wahrheit. Verletzlichkeit ...

»Ja. Einen Termin.«

»Ich kann dich fahren.«

»Nein. Ich muss nach Oceanside.«

Zu viele Infos, die ich fast freiwillig einfach so erzähle und nicht darüber nachdenke, wie verletzbar ich mich damit mache. Jared nimmt die Sonnenbrille ab – und wieder überrascht mich die Klarheit seiner Augen. Allerdings hat sich die Platzwunde über dem Auge über Nacht zu einer Art Auberginenplantage entwickelt, die den Bereich um seine Augen bläulich färbt. Das Verlangen, ihn in den Arm zu nehmen, wird immer größer. Die Schlägerei mit Trevor ist, mehr oder weniger, nur wegen mir entstanden. Wenn ich nicht ...

»Oceanside?«

Ich nicke, gefangen von seinem Blick und meinen Gefühlen. Jared schenkt mir ein kurzes Lächeln.

»Genau meine Richtung.«

Ich sitze neben ihm in seinem Mustang, spüre den Sommerwind durch das geöffnete Fenster und halte die Augen geschlossen. Jared telefoniert mit seinem Kumpel, der sich um meinen Wagen kümmern soll. Was mache ich hier eigentlich? Jared darf mich nicht nach Oceanside fahren. Weil dort so vieles auf mich wartet und so vieles ungeklärt ist. Weil zu viele Fragen auftauchen werden und die Wahrheit sich nicht leugnen lässt. Außerdem wollte er niemals in diese Richtung fahren. Aber das ändert nichts an den Tatsachen. Ich sitze neben ihm im Auto, und wir fahren nach Oceanside.

»Du erkennst ihn sofort. Das älteste Modell, das du dir vorstellen kannst.«

Es missfällt mir, wie er über meinen geliebten Wagen spricht, aber ich meine, sein Lächeln hören zu können.

»Alles klar, Ryan, vielen Dank. Wir holen ihn morgen bei dir ab.«

Wir? Das werde ich bei Gelegenheit noch richtigstellen. Denn *wir* werden morgen rein gar nichts zusammen tun. Er lässt das Handy geräuschvoll in die Mittelkonsole fallen, aber ich halte die Augen noch immer tapfer geschlossen. Dumm nur, dass selbst dann Jareds Gesicht vor meinem inneren Auge auftaucht. Wieso kann ich bei ihm nicht so tough sein wie bei allen anderen?

»Was führt dich denn nach Oceanside?«

Genau das habe ich befürchtet: Smalltalk. Fragen und Antworten, die keine sind.

»Familie.«

Einsilbige Antworten sind noch immer das beste Mittel, um neugierige Fragen abzuwimmeln. Gut möglich, dass es mir wieder gelingt.

»Hast du Geschwister?«

Eine gute Frage. Meint er Geschwister, die den gleichen Vater und die gleiche Mutter haben? Oder Freunde, die einem so vertraut sind, dass man meinen könnte, sie wären Geschwister?

»Nein.«

Meine Eltern schienen mit mir und Mutters Rosenzucht schon heillos überfordert gewesen zu sein. Ein weiteres Lebewesen, das ihre Fürsorge gebraucht hätte, wäre keine besonders gute Idee gewesen.

»Du willst nicht darüber reden?«

Ich schüttle den Kopf und kann seinen Blick auf mir spüren, dafür muss ich nicht erst die Augen öffnen. Aber ich tue es dennoch, weil mir sein Anblick fehlt. Er schaut zwischen der Straße und mir hin und her, ein Lächeln auf seinem Gesicht. Sicher, als würde es ihn wirklich interessieren, wie es um meine Familie steht. Betont langsam verschränke ich die Arme vor der Brust und drehe mich in meinem Sitz, um ihn besser ansehen zu können.

»Willst *du* denn über deine Familie reden?«

Sofort spannt sich sein Kiefer an. Ich glaube, sehen zu können, wie sich seine Hände fester um das Lenkrad legen. Mein Blick wandert über sein Gesicht, sein markantes Kinn, das von einem immer dichter werdenden Bart bedeckt wird. Er starrt vor sich auf die Straße, hält das Lenkrad mit beiden Händen umklammert.

»Touché! Themawechsel.«

Dachte ich es mir doch. Ich soll einen Seelenstriptease hinlegen, ihm die dunkelsten Geheimnisse meines Lebens offenbaren – und er? Er klammert sich an die Kette um seinen

Hals und hüllt sich in Schweigen. So wird das Spiel nicht gespielt.

»Okay. Wo kommst du her, Jared?«

Kurz kämpft er mit sich, will auch dieser Frage ausweichen. Aber schließlich entspannt er sich, wenn auch nur geringfügig.

»Colby, Kansas.«

»Geboren und aufgewachsen?«

»Yes, Ma'am.«

Wieder huscht ein Lächeln über seine Lippen, kurz wirft er mir einen Blick zu, als wolle er wissen, was ich davon halte. Leider war ich nur noch nie im Mittleren Westen, schon gar nicht in Kansas.

»Und du? Oceanside?«

Ich nicke. Der Ortsname mag idyllisch klingen. Wie ein Urlaubsparadies für reiche Rentner, die an unseren Stegen ihre Motorboote abstellen und im *La Mer* die Fischspezialitäten genießen. Von außen betrachtet ist Oceanside genau so ein Ort. Wir haben schöne Häuser, ruhige Straßen, nette Cafés und viel Grün.

»Und du bist nach Boston, weil …?«

»Das College einen guten Ruf hat.«

Eine Lüge. Obwohl ich sie schon oft genug benutzt habe, klingt sie diesmal wie auswendig gelernt. Jared schüttelt den Kopf und konzentriert sich wieder auf die Straße vor uns.

»Genau so habe ich mir dich vorgestellt.«

Na toll, genau das hat er bezwecken wollen. Und er hat gewonnen. Weil es mich tatsächlich interessiert, wie er über mich denkt. Weil es mein Herz schneller schlagen lässt, wenn ich mir vorstelle, dass er sich Gedanken über mich gemacht hat.

»Wie bin ich denn?«

Meine Stimme verrät sich durch das leichte Vibrieren. Wenn es ihm aufgefallen ist, ignoriert er es, wofür ich überaus dankbar bin.

»Unnahbar. Verschlossen. Sogar zu denen, die nett zu dir sind.«

Fast will ich widersprechen. Ich schulde ihm eine Erklärung, wieso ich so bin, obwohl er nett zu mir ist. Und das, ohne eine Gegenleistung verlangt zu haben. Bis jetzt ...

»Immerhin kutschiere ich dich über den Highway nach Hause, oder etwa nicht?«

Hinzu kommt, was er gestern Abend für mich getan hat, obwohl er sich damit vor Trevor und Sarah blamiert hat. Er hat seine Ehre für mein Ansehen geopfert. Lernt man so etwas in Colby, Kansas? Sofort treten Bilder einer etwas jüngeren Version von Jared vor mein inneres Auge: kurze Jeans, verdrecktes T-Shirt, ein Basketball in der Hand, sein freches Grinsen ... Was für ein Junge mag er wohl gewesen sein? Auf jeden Fall ist von diesem Jungen nicht mehr viel übrig. Der Mann, der neben mir sitzt, scheint keine Vergangenheit haben zu wollen. Mein Blick wandert über seine Arme zu seinen kräftigen Schultern. Die Nähe seines Körpers zu meinem, die Lässigkeit, mit der er das Lenkrad hält ... alles an ihm macht mich mit jeder Meile, die wir hinter uns bringen, wahnsinniger. Gestern Nacht habe ich mir Stellen an seinem Körper ausgemalt, die ich noch nie gesehen habe – jedenfalls nicht nackt –, und es hat sich so real angefühlt. Jetzt müsste ich nur meine Hand ausstrecken und könnte ihn berühren. Meine Haut kribbelt bei dem Gedanken, wie nah wir uns in diesem Wagen sind. Wie leicht es wäre, mich zu ihm hinüberzubeugen und ihn zu küssen. Es erschreckt mich, wie sehr ich das will. Wo ich doch so lang gegen all das Gefühlszeugs immun war. Und es bleiben wollte.

»Wieso tust du das, Jared?«

Um den heißen Brei herumzureden, das bringt uns beiden nichts. Außerdem liegt es mir nicht. Er wird bestimmt nicht nett zu mir sein, weil er meine charmante Art so zu schätzen weiß. Bisher war ich nämlich größtenteils gemein zu ihm.

»Weil ich denke, dass es sonst zu wenige tun.«

»Mich im Auto mitnehmen?«

Er dreht den Kopf in meine Richtung, und ich erkenne nur mein verzerrtes Gesicht in seinen verspiegelten Brillengläsern.

»Nett zu dir sein.«

»Die Leute sollen nicht nett zu mir sein!«

Meine Stimme klingt wie die eines bockigen Teenagers, der sich nicht eingestehen will, dass er den Typen vom Basketball-Team eigentlich ziemlich süß findet. Jared zuckt die Schultern.

»Es wird dennoch immer wieder Menschen geben, die es versuchen.«

Damit sieht er erneut auf die Straße vor sich, während ich über seinen Satz nachdenke. Klar, es gibt tatsächlich immer wieder Leute, die einen zweiten Anlauf starten, aber nach dem dritten geben sie auf. Trotzdem sitze ich neben Jared in seinem Wagen und lasse so viel Nähe zu wie sonst nie. Wenn er wüsste, wie nah ich ihn schon herangelassen habe, er würde sich wundern. Keine anderen Typen schleichen sich so eindrucksvoll in meine Träume. Keinem anderen Typen würde ich auch nur den Zielort »Oceanside« verraten.

»Wieso hast du gestern die letzte Kugel vermasselt?«

Ich muss es wissen, weil mir diese Frage nicht mehr aus dem Kopf gegangen ist. Wie der Pin in einem Flipperautomat ist sie durch meinen Kopf gesprungen, eine Antwort habe ich nicht gefunden. Jared zuckt die Schultern.

»Weil ich das Gefühl hatte, es wäre für dich irgendwie wichtig.«

Jared Parker hat mich durchschaut, und das löst eine große Panik in meinem Magen aus. Sie wühlt sich durch alle Organe, bis sie mein Herz erreicht und es mit einer ganzen rasenden Streitmacht einnimmt. Verdammte Scheiße! Es gibt so viele Männer. Aber es gibt nur zwei Kategorien, wenn wir ehrlich sind: die harmlosen – und die, die uns Frauen gefährlich werden können. Und Jared ist ohne Zweifel ein Mann der zweiten Kategorie. Sein Aussehen allein reicht bereits, um mich um den Verstand zu bringen, aber wenn er solche Dinge tut und sagt, dann wird mein Herz nicht mehr lang hinter dieser Stahlmauer geschützt sein. Er wird es finden. Langsam sehe ich wieder zu ihm.

»Du musst dich nicht bedanken, falls das deine Sorge ist. Ich hab's gern gemacht.«

Bedanken sollte ich mich allerdings, dafür muss ich nur meine Sprache wiederfinden. Aber im Moment kriege ich es einfach nicht über die Lippen, weil ich meiner Stimme noch nicht traue. Sie würde zu viel über mein Gefühlsleben verraten.

Kapitel 6

Er berührt meine Haut fast zögernd mit seinen Fingerkuppen, bevor sich seine Hand sanft an meine Wange legt und mich mit seinem Daumen streichelt. Meine Lippen verziehen sich sofort zu einem entspannten Lächeln, als ich seinen Duft nah bei mir wahrnehme und die Wärme seiner Hand mich beruhigt. Sein Atem auf meinen Lippen, er muss mir näher sein, als ich gedacht habe. Vorsichtig streift er mit seinen Lippen über meine, bevor er mich sanft küsst und …

»Was, zum Henker … ?!«

Ich schiebe ihn ein Stück weg von mir. Er rutscht überrascht zurück auf seinen Fahrersitz, aber das breite Grinsen in seinem Gesicht ist nicht zu übersehen. Ich blinzele einen kurzen Moment, bevor ich verstehe, wo ich bin und was gerade passiert ist. War es einer dieser fiesen Tagträume, die aus dem Nichts auftauchen und uns für den Bruchteil einer Sekunde in die Zwischenwelt von Realität und Traum entführen? Wo sich alles richtig und warm anfühlt, bevor die Kühle der Echtzeit zurückkehrt und uns mit idiotischen Phantasien hier alleinlässt? Aber es hat sich für meinen Geschmack ein bisschen zu real angefühlt. Jareds Lippen …

»Aufwachen, Schlafmütze!«

Wir haben den Highway verlassen und stehen an einer Tankstelle. Mein Nacken schmerzt, die Folge einer unbequemen Schlafhaltung, und mein Mund fühlt sich trocken an. Ich muss eingeschlafen sein. Nur einen kurzen Moment wollte ich die Augen schließen.

Jared sieht mich noch immer grinsend an.

»Schlafende Frauen küssen? Ist das ein perverses Hobby von dir?«

Er löst seinen Sicherheitsgurt und schüttelt lachend den Kopf.

»Da du meinen Namen gestöhnt hast, dachte ich, das ist es, was du willst …«

Damit öffnet er die Fahrertür, zwinkert mir zu und steigt aus, während ich mit diesem Satz zurückbleibe. *Was!? Ich habe doch nicht … das ist doch … niemals würde ich …* Mein Herz pocht zu schnell, mein T-Shirt klebt an meinem Rücken, und meine Wangen fühlen sich unnatürlich warm an. Wenn ich auf die Signale meines Körper höre, wäre es gar nicht so abwegig, dass er sich gerade in einen meiner Träume geschlichen hat. O nein! Ich schlage die Hände vors Gesicht und versuche, mich zu beruhigen, aber meine Wangen glühen nur noch mehr. Das ist an Peinlichkeit kaum zu übertreffen. Habe ich wirklich seinen Namen gestöhnt, während er neben mir saß?

»Willst du was trinken?«

Jared taucht wieder in der geöffneten Fahrertür auf, und das Grinsen scheint sich auf sein Gesicht zementiert zu haben. Sein Blick wandert über meines, den Hals entlang, meine Brüste …

»Ein kaltes Wasser vielleicht …?«

Sein Grinsen wird breiter, mein Gesicht röter. Diesmal aus Wut. Schnell befreie auch ich mich vom Gurt und steige ebenfalls aus, wobei ich erst mal meinen Körper strecken muss. So ein Mustang bietet erstaunlich wenig Beinfreiheit. Jared sieht mich jetzt über das Autodach hinweg an.

»Du bist echt ein Arschloch, Jared Parker.«

Damit stapfe ich wütend um den Wagen herum, will nur noch ohne weitere Peinlichkeit den Tankstellen-Shop erreichen – oder unterwegs im Erdboden versinken. Als ich an ihm vorbeigehe, packt er meinen Arm, wie er es schon oft getan hat, und zieht mich an sich heran. Jared steht direkt vor mir, sein Becken drückt meines gegen die Zapfsäule, seine beiden Hände halten meine Arme, ich spüre seine Kraft, weiß, dass ich ihm nicht einfach so entkommen könnte, wenn er das nicht will. Er ist mindestens anderthalb Köpfe größer als ich, deswegen bin ich gezwungen, nach oben zu sehen. Sein Blick ist verdunkelt, aber es ist keine Wut, die ich in seinen Augen erkennen kann. Es ist etwas anderes. Etwas, das ich noch nicht an ihm gesehen habe. Seine Brust ist gegen meine gepresst, was mich unweigerlich erregt, als würde mein Körper wie bei einer chemischen Reaktion auf seinen reagieren. Er atmet zu schnell, ich kann spüren, wie sein Körper ebenfalls auf mich reagiert. Ich trage nur dieses Top, einen dünnen BH, und bin ihm zu nah. Vollkommen egal, wie sehr ich mich dagegen wehren will, ich will mehr von seinem Körper spüren ...

»Verdammt noch mal, Lynn! Wenn ich dich küssen will, dann warte ich nicht, bis du eingeschlafen bist!«

Seine Stimme ist ein Zischen, es scheint ihn viel Selbstkontrolle zu kosten, um nicht lauter zu werden. Oder nicht die Kontrolle zu verlieren. Obwohl er mich noch immer festhält, tut er mir nicht weh. Als wüsste er ganz genau, wo die Grenze liegt. Ich starre auf seine Lippen und wünsche mir nichts mehr, als dass er mich hier und jetzt küsst. Es hat keinen Sinn, mich weiterhin gegen dieses Verlangen zu wehren. Ja, verdammt, ich will, dass Jared Parker mich küsst. Kein anderer Mann würde so leichtes Spiel bei mir haben. Wenn ich einen kurzen Moment loslassen würde, dann könnte er alles haben. Auch meine Geheimnisse. Weil er diese Art an sich hat, die mir das Gefühl gibt, bei ihm sicher zu sein. Selbst jetzt. Seine Augen fixieren mich genau, es ist überdeutlich zu erkennen, dass auch er mich küssen will. Der Griff um meine Arme lockert sich langsam. Ich ahne, was er als Nächstes tun wird. Schnell greife ich nach seiner Hand, weil ich keinen Abstand will. Ich will Nähe, seine Nähe. Aber er macht einen kleinen Schritt von mir weg, und der minimale Abstand zwischen unseren Körpern fühlt sich eisig an.

»Ich warte. Auf dich. Darauf, dass du bereit bist.«

Das zärtliche Lächeln auf seinem Gesicht hat nichts mehr mit dem anzüglichen Grinsen von eben gemeinsam. Nein, das darf er nicht tun. Meinen Körper kann er haben, aber nicht mein Herz. Ich darf mich unter keinen Umständen in ihn verlieben. Mich verlieren und vielleicht nie wiederfinden ...

»Ich hole uns was zu trinken.«

Damit macht er sich von mir los und geht mit schnellen Schritten in die Tankstelle, als würde er es keine Sekunde länger bei mir aushalten – und zieht damit die nötige Notbremse, bevor wir einen Fehler begehen.

Oceanside hat sich nicht verändert. Ich stürze in ein Meer voller Erinnerungen, die ich mir außerhalb der Stadtgrenze verboten habe. Es sind nicht einfach nur Häuser, Straßen, Cafés oder Restaurants. Es sind Szenen meiner Kindheit und der kurzen Jugend, die ich hier verbringen durfte. Mit ihm. Die Sonnenbrille auf meiner Nase dient als Schutzschild und verheimlicht gleichzeitig die Tränen, die sich in meinen Augen sammeln. Noch nie habe ich jemanden hierher mitgebracht. Kurz werfe ich einen Blick zu Jared, der gut gelaunt neben mir sitzt und den Wagen in angemessenem Tempo durch die Straßen lenkt. Nur ab und zu sage ich ihm, wo er abbiegen soll. Seit dem letzten Zwischenstopp an der Tankstelle haben wir nicht mehr miteinander gesprochen. Offenbar wissen Jared und ich noch nicht so recht, wie wir mit der Spannung, die geradezu greifbar erscheint, umgehen sollen. *Er will mich küssen.* Das ist der einzige Gedanke, der mich auf dieser Fahrt begleitet, und erst jetzt wird er abgelöst durch einen ganz anderen und weniger schönen Gedanken.

»Da vorn dann links.«

Ich leite ihn durch meine Heimatstadt und muss dabei nicht auf die Straße schauen. Nach Hause fahren lasse ich mich von ihm nicht. Meine Eltern würden Fragen stellen – und Fragen will ich keine beantworten müssen. Auch zu Dave werde ich ihn nicht mitnehmen, weil er dort nichts zu suchen hat. Es würden nur noch mehr Fragen kommen. Von allen Seiten. Der Kloß in meinem Hals schwillt auf die Größe einer Wassermelone an, als ich ihn an der Promenade zum Parken veranlasse.

»Hier kannst du mich rauslassen.«

Er stellt den Motor ab, legt den Arm auf die Lehne meines

Sitzes und dreht sich zu mir her. Seine Augen kann ich nur schemenhaft hinter den Sonnenbrillengläsern erkennen. Das beruhigt mich. Wenn mich seine eisklaren Augen jetzt ansehen würden, ich weiß nicht, wie ich reagieren würde. Außerdem wird es Zeit, mich wieder hinter die Mauer zu verkriechen.

»Also ... danke. Fürs Fahren.«

Er nickt, sein Kiefer ist angespannt. Am liebsten würde ich mich in seine Arme flüchten und ihm sagen, dass er mich von hier wegbringen soll. Langsam streicht er mit dem Handrücken über meinen nackten Arm und zaubert eine Gänsehaut auf meinen Körper. Ohne mein Zutun verziehen sich meine Lippen zu einem leichten Lächeln. Nur eine Berührung, und ich gebe auf.

»Ich kann dich auch wieder zurück nach Boston bringen. Wenn du willst.«

Natürlich könnte er das, aber ich glaube nicht, dass ich heute mit allem fertig werde. Ich brauche einen Moment allein mit ... der Erinnerung. Eine Nacht bei meinen Eltern werde ich überstehen.

»Danke, aber ich nehme den Bus.«

Meine Stimme klingt kühler, als ich es beabsichtigt habe, und so zieht er seine Hand wieder weg. Sofort vermisse ich seine Berührung und wünsche sie mir zurück.

»Alles klar. Wenn du ...«

Doch er verstummt und legt seinen Arm wieder auf das Lenkrad.

»Ryan soll dir einen guten Preis für die Reparatur machen.«

Ich greife nach dem Türöffner und umklammere ihn fest

mit meinen Fingern. Nur eine kleine Bewegung, und die Tür ist geöffnet, aber es kostet mich unendlich viel Kraft. Wenn ich aus seinem Wagen steige, wird es wieder so sein wie immer. Der Moment, der uns an der Tankstelle überfallen hat, ist schon lang vorbei. Dennoch bin ich lieber hier bei ihm als da draußen.

Die warme Luft kriecht ins Innere, als ich die Tür aufschiebe und ein Bein nach draußen schwinge. Fast bin ich schon ausgestiegen, da fragt Jared:

»Wo kann man hier was zu essen kriegen? Ich bin am Verhungern.«

Diese Frage stellt er so schnell, als würde er nur noch über begrenzten Sauerstoff verfügen. Ich muss lächeln.

»Am Pier unten gibt es *Joe's Burger Place*, da findest du was.«

»Burger klingen toll.«

Ich will ihm sagen, dass er unbedingt die mit HP Sauce nehmen soll und mit Cheddar Cheese. Und dass er sie unten am Strand essen soll, wo das Wasser in kleinen Wellen über die Kieselsteine rollt. Ich will ihm sagen, dass an einem der Stege ein Symbol für ewige Freundschaft ins Holz geritzt wurde. Dort, wo Simon und ich immer von den großen Träumen gesprochen haben. Aber keines dieser Worte kommt über meine Lippen. Sie verenden irgendwo in meinem Hals, wo sie sich festhaken, als würde die Erinnerung an diese Tage verschwinden, wenn ich sie jemandem erzähle.

»Mach's gut.«

Damit steige ich aus. Mir schlägt die heiße Sommerluft entgegen. Hier ist es noch schwüler als in Boston, und die leichte Brise vom Meer erreicht mich kaum.

»Man sieht sich, Lynn Chase.«

Jareds Abschied klingt wie eine Mischung aus Versprechen und Drohung. Ich schlage schnell die Autotür zu, damit er losfahren und somit Abstand zwischen uns bringen kann. Und Abstand zwischen meine Gedanken und Gefühle, die sich endlich beruhigen sollen. Erst als die Rücklichter seines Ford Mustang um die nächste Straßenecke gebogen sind, überfällt es mich dann endgültig: Oceanside. Mit all den Erinnerungen.

Neue Fensterläden. Schick sehen sie aus. Knallrot, das passt. Ein Lächeln breitet sich auf meinem Gesicht aus. Ich spüre, wie meine Anspannung wächst und ich dennoch das Gefühl von Zuhause empfinde. In Boston bin ich nur Gast, ein Flüchtling, der dort einen Platz gefunden hat, um für eine kleine Weile bleiben zu dürfen. Nur für das College. Dann geht es weiter. Egal, wohin, nur nicht zurück nach Oceanside.

Meine Eltern haben immer versucht, den Schein der perfekten Familie mit weißem Gartenzaun und gepflegtem Vorgarten zu wahren. Wenn mein Dad morgens das Anwesen verließ, stand meine Mutter an der Tür und hat ihn zum Abschied geküsst. Alle Nachbarn sollten es sehen, wie glücklich die Ehe der beiden war. Gut, ich war nicht unbedingt die Tochter, die meine Mutter sich gewünscht hat. Ich trug selten rosa Kleider, und noch seltener habe ich meine Haare durch niedliche Flechtfrisuren aufgehübscht. Ich habe mir die Jeans aufgerissen, als ich auf Bäume geklettert bin, und mir die Knie aufgeschürft, als ich mit Jungs Fahrradrennen veranstaltete. Was hinter dem weißen Gartenzaun passiert ist, war nicht perfekt. Es war lieblos, reserviert und kühl. Meine Eltern hatten sich nicht viel zu sagen, und das Wunschkind war weder perfekt, noch hat es geholfen, die Beziehung zu krönen.

Jetzt stehe ich in einem Vorgarten, der nicht mehr besonders gepflegt wird, der weiße Gartenzaun fehlt, und nur die roten Fensterläden wirken einladend. Mein Herz schlägt so aufgeregt, als wäre es ein junger Hund, der sich freut, dass sein Herrchen wieder nach Hause kommt. Hier bin ich zu Hause. Hier fühle ich mich wohl. Der Name »Hooks« steht auf dem Briefkasten, der schon etwas länger nicht mehr geleert worden ist. Simons Haus.

»Ist jemand zu Hause?«

Der Wagen steht in der Auffahrt, und die Haustür ist wie immer nicht abgeschlossen. Trotzdem oder deswegen klopfe ich an.

»Dave? Bist du da?«

Im Hause ist es unwesentlich kühler als draußen. Das war schon immer so. Typisch Oceanside: Es wird im Sommer viel zu warm, und man kann nichts gegen die Hitze in den Häusern tun. Im Flur hängen zahlreiche Fotos an der Wand, die ich zu ignorieren versuche. Wenn ich sie mir zu genau ansehe, dann wird jeder Schritt zu einem Kampf. Einem Kampf gegen die Zeit, die sich viel zu schnell weiterdreht und uns nur Erinnerungen an den gestrigen Tag, den letzten Sommer und die besten Freunde aus der Schulzeit lässt. Ein Foto kann ich aber nicht ignorieren, weil es mich magisch anzieht, weil es ein Ritual geworden ist. Langsam nähere ich mich und betrachte die Aufnahme, die von einen schlichten schwarzen Rahmen eingefasst wird. Es zeigt Simon mit einem breiten Lächeln, den Arm um mich gelegt. Und Dave, in seiner Kneipe am Billardtisch. In einer Zeit, in der alles noch richtig war.

»Lynn?«

Daves Stimme überrascht mich. Kurz zucke ich zusammen, als ich mich umdrehe und er in der Tür zur Küche auftaucht. Er trägt ein weißes Hemd, eine schrecklich falsch gebundene Krawatte und ein trauriges Lächeln im Gesicht. Seine braunen Haare sind deutlich ergraut, seine einst strahlenden grünen Augen wirken müde. Früher kam er mir so groß und kräftig vor, als könne er Bäume ausreißen. Inzwischen wirkt er eher zerbrechlich, auch wenn er noch immer eine imposante Figur hat. Alt ist er geworden in der letzten Zeit. Seine Haut wirkt grau, seine Augen sind leer. Dabei sind nur knapp dreißig Tage vergangen, seit ich ihn zum letzten Mal gesehen habe.

»Hi, Dave.«

Nein, dieses Haus ist nicht das meiner Eltern, aber dennoch fühlt es sich so an, als ob ich hier aufgewachsen wäre. Mit nur drei Schritten bin ich bei ihm und nehme ihn fest in den Arm – aus Angst, sonst weinen zu müssen. Ja, so fühlt sich eine Umarmung an. Eine echte Umarmung, der ich gekonnt aus dem Weg gehe, in Boston und auch sonst wo.

»Ich war mir nicht sicher, ob du kommst.«

Während er mir sanft über den Rücken streicht, klammere ich mich fest an ihn. Er ist alles, was mir von damals geblieben ist.

»Ich hatte eine Autopanne.«

»Ist alles okay?«

»Ja, mach dir keine Sorgen. Ein … Freund hat mich gefahren.«

Eigentlich ist das eine Lüge, denn Jared und ich sind nicht befreundet. Wir kennen uns nicht gut genug, um von Freundschaft sprechen zu können. Aber zu erklären, wie verwirrend die Beziehung zwischen uns ist, würde zu viel Zeit in Anspruch nehmen. Außerdem würde es mich dazu zwingen, ernsthaft über die Art von Beziehung nachzudenken, die wir haben könnten. Dave lässt mich langsam los, auch wenn ich noch ewig hier stehen könnte. Dann sieht er mich durchdringend an.

»Ein *Freund*?«

»Ein Bekannter.«

Das trifft es schon eher. Dave zieht eine Augenbraue hoch und mustert mich genauer.

»Ein Bekannter fährt dich von Boston nach Oceanside …?«

»Mhm.«

Wie bescheuert es für ihn klingen mag, das will ich mir gar nicht ausmalen. Immerhin weiß er nur zu genau, wie sehr ich mich gegen jede Freundschaft oder Männerbekanntschaft wehre. Was er im Übrigen nicht gutheißt und durch halbherzige Verkupplungsversuche zu ändern versucht.

»Und wo ist dieser *Bekannte* jetzt …?«

»Oh, er sieht sich die Stadt an.«

Mir gefällt es nicht, in welche Richtung sich dieses Gespräch entwickelt, deswegen greife ich nach seiner Krawatte und löse umständlich den Knoten. Dave war noch nie besonders gut darin, sich die Krawatte zu binden. Vielmehr wirkt es, als würde er ein Lasso binden.

»Wieso hast du ihn nicht mitgebracht?«

»Er wird nicht in Oceanside bleiben. Er fährt heute noch nach Boston zurück.«

Mit geübten und sicheren Handgriffen binde ich ihm die Krawatte ordentlich mit einem fast perfekten Knoten.

»Lynn ...«

»Ja?«

»Danke.«

»Irgendwann musst du lernen, sie selbst zu binden, Dave.«

Er nimmt meine Hände in seine und lächelt mich an. Mein Herz will zerspringen, weil ich seinen Schmerz und seinen Verlust nicht nur sehen, sondern spüren kann.

»Nicht dafür. Dafür, dass du immer wieder hier bist.«

»Ich wüsste nicht, wo ich sonst sein sollte.«

Kapitel 7

SIMON HOOKS

GONE BUT NEVER FORGOTTEN

* AUGUST 23, 1992
† APRIL 12, 2010

Mein Hals schnürt sich zu, als würde sich enger und enger eine Stahlkette darumlegen. Dave steht neben mir, und ich halte seine Hand. So, wie wir es immer tun. Seit drei Jahren. Jeden Monat. Ein festes, nie geplantes Ritual, das wir dennoch durch ein stummes Einverständnis einhalten. Ich verpasse es keinen Monat und bin immer hier, an seiner Seite. Kein Elternteil sollte jemals sein Kind zu Grabe tragen. Keine beste Freundin sollte ihren besten Freund so früh verlieren. Der Grabstein ist schlicht, ebenso die Gravur. Alles ist einfach, wie Simon es gemocht hätte.

»Nun sind es schon drei Jahre. Nächsten Monat wäre er einundzwanzig geworden.«

Dave starrt auf den kalten Marmorstein vor uns und schüttelt den Kopf, als könne er es noch immer nicht begreifen. Mein Brustkorb zieht sich zusammen, nur mit viel Mühe kann ich genug Luft in meine Lungen pumpen. Es schmerzt noch immer so sehr wie damals, als sie Simons Sarg hier aufgestellt hatten.

»Verdammt!«

Daves Körper zittert, und ich greife fester nach seiner Hand, versuche, ihm den Halt zu geben, den ich selbst so dringend nötig hätte. Aber ich werde vor ihm nicht zusammenbrechen. Ich werde gar nicht zusammenbrechen, weil ich es dann akzeptieren müsste. Weil ich dann verstehen würde, dass Simon nicht wiederkommt. Noch kann und will ich das nicht.

»Du fehlst mir, Junge.«

Das sagt Dave immer. Allein kommt er nicht hierher, weil er es nicht kann. Aber ein Mal im Monat will er seinen einzigen Sohn besuchen, den er viel zu früh verloren hat. Deswegen komme ich immer wieder zurück, obwohl mein Körper sich dagegen wehren will. Obwohl hier alle Erinnerungen noch immer so präsent sind wie an jenem Tag vor drei Jahren.

Ich versuche, die Bilder von damals nicht wieder vor mein inneres Auge treten zu lassen, versuche, seine Stimme zu ignorieren, die wie verrückt durch meinen Schädel schrillt.

Scheiße! Lynn! Scheiße! Lynn!

Die Panik in seiner Stimme, als uns beiden bewusst wurde, dass es diesmal kein gutes Ende nehmen würde. Sein Blick, der mich angefleht hat, alles aufzuhalten, ihn zu retten – und schließlich der heftige Stoß gegen meine Brust, der mich zu Boden wirft. Wo ich liegen geblieben bin und in zahlreichen Nächten immer wieder in meinen Träumen aufpralle.

Dave legt die Blumen nieder und wischt sich die Tränen aus den Augen, bevor er sich zu mir dreht und den Kopf schüttelt. Wenn er wüsste, wie viel Kraft mich die Trips hierher kosten, er würde mich sofort persönlich nach Boston zurückfahren. Deshalb spiele ich meine beste Rolle: die »tapfere Lynn«, die mit dem Verlust in all den Jahren immer besser klargekommen ist und die ihm ohne Probleme den Halt geben kann, den er braucht. Wie es in *mir* aussieht und wie viel Mühe ich habe, nicht weinend zusammenzubrechen, das werde ich ihm nicht zeigen. Ich schenke ihm ein aufmunterndes Lächeln.

»Willst du kurz mit ihm allein sein?«

Will ich das? Kann ich das? Langsam schüttle ich den Kopf und hake mich bei Dave ein.

»Bringen wir dich lieber wieder nach Hause.«

Was ich wirklich sagen will, das ist: Bring mich so schnell wie möglich von hier weg! Während wir den Weg zurück zum Ausgang gehen, spüre ich die Kälte, die von meinem Körper Besitz ergreift. Sie umklammert meine Waden und jagt mir kalte Schauer die Beine hinauf. Jeder Schritt schmerzt, jeder Atemzug füllt meinen Körper mit noch mehr eisiger Kälte.

»Simon wäre so stolz auf dich, Lynn.«

Nein! Nein! Das darf er nicht sagen oder meinen.

»Du hast es geschafft, du bist in Boston und hast …«

»Nein, Dave, tu das nicht.«

»Was denn?«

»Sag mir nicht, was ich alles erreicht habe. Sag mir nicht, wozu Simon nicht die Chance bekommen hat.«

Denn genau das tut er. Er lobt das, was wir zusammen erleben wollten, Simon und ich. Wir hatten große Pläne und wollten jeden Schritt des Erwachsenwerdens gemeinsam durchstehen. Jetzt ist er nicht mehr da, und ich kämpfe mich eher durch mein Leben, als dass ich es wirklich lebe. Am Ausgang bleiben wir stehen.

»Du bist ein gutes Mädchen, Lynn. Lass dir niemals was anderes einreden.«

Ich schlucke hart, weil er nicht die ganze Wahrheit kennt und ich sie ihm nicht sagen kann. Nicht sagen *will*, weil er dann wüsste, was wirklich passiert ist und wie schwach ich war. Wieder schüttle ich den Kopf.

»Nein.«

»Doch. Es macht mich traurig, dich so zu sehen.«

Dabei kämpfe ich mit aller Macht gegen die Tränen und lasse ihn nicht ahnen, wie gern ich jetzt woanders wäre. Wie sehr ich mir eine Umarmung wünsche. Von Jared. Ausgerechnet jetzt muss ich an ihn denken! Ich stelle mir vor, wie er sanft seine Arme um mich legt und mich festhält. Mich zusammenhält, während ich auseinanderzubrechen drohe. Dave greift nach meinem Kinn und hebt meinen Kopf leicht an, damit ich ihm in die Augen sehen kann. Ein sanftes Lächeln liegt auf seinem Gesicht, das mir so vertraut ist. Das Gesicht des Mannes, der mehr für mich getan hat als mein eigener Vater.

»Lynn, du hast gesehen, wie schnell es vorbei sein kann. Von einem Tag auf den anderen. *Make it count.* Jeden Tag. Das bist du ihm schuldig.«

Seine Worte treffen einen Nerv in mir, den ich für tot gehalten habe. Aber jetzt schwingt er wie eine angeschlagene Gitarrensaite und lässt meine Organe vibrieren. Lebenshunger ... Ist es das? Ich greife in meine Hosentasche und ziehe das Geld hervor.

»Hier.«

Er starrt auf das dicke Geldbündel in meiner Hand und scheint sich nicht sicher zu sein, ob er es annehmen soll. Ich weiß, dass es seinen Stolz verletzt – aber notwendig ist. Seit Simons Tod ist vieles anders. Dave braucht Geld, um über die Runden zu kommen, denn was er als Frührentner bekommt, reicht eigentlich nicht zum Überleben. Ich weiß, dass Simon ihm unter die Arme gegriffen hätte. Er ist nicht mehr da. Deswegen tue ich es.

»Nimm es schon.«

»Lynn …«

»Nimm es!«

»Du sollst das nicht mehr tun, hörst du?«

»Ich muss es aber tun.«

»Nein, ich kann …«

»Das bin ich *ihm* schuldig.«

Als Dave in seinen Wagen steigt und ich ihm zuwinke, während er über die Straßen zurück nach Hause fährt, fühlt sich mein Herz unendlich schwer an. Oceanside ist einer jener Orte, an dem Kinder bis spätabends auf den Straßen spielen können, wo sie am Hafen die Fischer beobachten und ihre Milchshakes am Pier genießen. Familien kommen im Sommer in meinen Heimatort, um Urlaub zu machen, die Seele baumeln zu lassen, durchzuatmen. Nur mir gelingt das nicht. Jedes Mal komme ich mit diesem erdrückenden Gefühl zurück, dass ich hier vor allem eine große Leere vorfinde, die sich nicht mehr füllen lässt.

Für Dave muss ich stark sein. Bei meinen Eltern muss ich das fröhliche College-Mädchen spielen, weil sie sich sonst doch nur wieder Gedanken machen. Sie würden nicht verstehen, wie sehr ich nach drei Jahren immer noch mit Simons Tod zu kämpfen habe. Sicher, sie haben ihn notgedrungen akzeptiert, aber er war auch nur einer dieser Schulfreunde ihrer Tochter, den sie nach einigen Jahren nicht mehr sehen würden. Seelenverwandte – das ist ein Fremdwort für sie. Da ich mit Simon nur befreundet und nicht in einer Beziehung war, können seine Spuren in meinem Leben offenbar nicht so nachhaltig gewesen sein. Damit sie mich verstehen, müsste ich ihnen sagen, wie leer unser Haus während meiner Kindheit gewesen ist. Wie wenig wir überhaupt eine Familie waren. Das würde die Illusion zerstören, die sie für Außenstehende all die Jahre aufrechterhalten haben.

Langsam schlendere ich durch die Straßen in Richtung Pier, wo ich mir einen kleinen Happen genehmigen will, bevor ich zu meinen Eltern muss. So ein grauenhaft-fröhliches Familienessen ist wirklich das Letzte, was ich gerade brauchen kann. Alles wie immer. Ich müsste wieder eine Rolle spielen, und manchmal, wenn ich ganz ehrlich zu mir bin, da wünsche ich mir nichts mehr, als »ich« sein zu dürfen. Einfach nur Lynn. Die Lynn, die ich bei Simon sein durfte.

Unvorstellbar, dass es noch schwüler werden könnte. Selbst die Brise vom Meer trägt nicht wirklich zu einer Erfrischung bei. Also kaufe ich mir am Kiosk beim Pier eine kühle Pepsi und beobachte die kleinen Boote, die hin- und hergeschaukelt werden. Irgendwo toben einige Jugendliche durchs Wasser und suchen auf diese Art Abkühlung. Ich muss schmunzeln. Vor einigen Jahren war ich selbst da unten am Strand. Gar nicht so lang her. Jetzt kommt es mir vor wie eine Ewigkeit. Dabei bin ich gerade mal Anfang zwanzig.

»Hey!«

Ich zucke erschrocken zusammen, als sich jemand neben mich an die Brüstung lehnt: Jared. Mit ihm habe ich so gar nicht gerechnet. Sollte er nicht schon auf dem Heimweg sein? Verdutzt sehe ich ihn an, wie er mich im Licht der untergehenden Sonne anlächelt.

»Was machst du hier?«

Er schiebt sich die Brille in die Haare und zuckt die Schultern. Wie kann er jetzt, Stunden später, tatsächlich besser aussehen als heute, als er mich am Straßenrand aufgesammelt hat? Er ist hier. Einfach so.

»Ich genieße die Aussicht.«

Er soll die Aussicht aber nicht genießen. Er soll in seinem Wagen sitzen und nach Boston fahren. Weg von hier. Weg von mir. Zu viel Nähe kann ich nicht ertragen. Nicht jetzt. Nicht hier. Ich will ihn anfassen, ihn umarmen. Er soll mich festhalten.

»Jared … wieso bist du noch hier? Geh bitte.«

Oder nimm mich in den Arm und lass mich nie wieder los.

Kopf und Herz führen wirklich eine beeindruckende Schlacht in mir.

»Ist das der Dank für meine Dienste als Chauffeur?«

Er hebt die Hände und sieht mich gespielt enttäuscht an. Moment! Ich mustere sein Gesicht, wo sich ein Grinsen ausbreitet und mir einen tiefen, aber festen Stich verpasst. Natürlich. Er erwartet eine Gegenleistung. So wie alle Kerle. Wie naiv bist du eigentlich, Lynn Chase? Hast du gedacht, er fährt dich aus lauter Nettigkeit mal eben so durch die Gegend? Genau das passiert, wenn man sich zu sehr darauf einlässt: Man verliert die Realität aus den Augen.

»Ach, darum geht es dir?«

Wütend verschränke ich die Arme vor der Brust und sehe ihn an. Ich bin so eine Idiotin! Da dachte ich tatsächlich für einen kurzen Moment, Jared Parker wäre nicht so wie die Kerle, die sich im *Red Lion Pub* herumtreiben. Vermutlich hätte ich sogar den Fehler gemacht und ihm einen kurzen Blick auf mein echtes Ich gestattet. Mein Körper spannt sich an, die Maske sitzt mit einem Schlag wieder perfekt. Vorbei ist der Moment der Schwäche. Jared zuckt grinsend die Schultern.

»Ich dachte, ein kleines Dankeschön wäre angebracht.«

Sein Grinsen wird breiter, und ich will ihn ohrfeigen. Eigentlich will ich mich ohrfeigen, weil ich so dumm war und mich fast geöffnet hätte.

»Klar. Sicher. Sollen wir es gleich hier auf dem Pier treiben? Oder auf dem Rücksitz deines Mustangs?«

Ich spucke ihm die Worte entgegen und spüre, wie die Ader an meinem Hals anschwillt. Das passiert immer, wenn ich richtig wütend werde. Jared zieht überrascht die Augenbrauen hoch.

»Was?«

»Das ist es doch, was du willst.«

Ich schaue gespielt hilflos zu ihm hoch, schenke ihm den Blick, den Männer an uns zu lieben scheinen.

»Du fährst das arme, hilflose Mädchen den ganzen weiten Weg nach Hause und erwartest natürlich eine Gegenleistung.«

Ich stelle die Pepsi vor mich auf die Brüstung und mache einen Schritt auf ihn zu.

»Reicht es auch, wenn ich dir jetzt einen blase?«

Meine Hände greifen nach seinem Ledergürtel und machen Anstalten, ihn zu öffnen. Besonders weit komme ich aber nicht, weil Jared schnell nach meinen Händen greift.

»Was soll der Scheiß, Lynn?«

»Darum geht es dir doch, Parker. Darum ging es dir doch die ganze Zeit, oder?«

Seine Augen verengen sich, als er versteht, dass es mein voller Ernst ist. Ich weiß nur zu gut, was Typen wollen, wenn sie von »Gegenleistungen« sprechen. Und es ist nicht seine Schuld, dass ich so enttäuscht bin. Er kann ja nicht wissen, dass ich ausgerechnet ihn dazu auserkoren habe, anders zu sein.

»Ich habe keine Ahnung, mit was für Typen du sonst so rumhängst, aber ... «

Ich kann sehen, dass er noch mehr sagen will, es aber nicht tut. Stattdessen brennt sein Blick wie Feuer auf meiner Haut. Die Wut funkelt in seinen Augen, als er den Kopf schüttelt und die Wut der Enttäuschung weicht.

»Weißt du, was? Ich dachte, du wärst nicht so ...«

Ich wäre nicht so? Das kann unmöglich sein Ernst sein. Er kennt mich nicht mal im Ansatz gut genug, um zu wissen, wie ich wirklich bin.

»Vergiss es einfach, Lynn!«

Damit lässt er mich los und macht hastig einen Schritt von mir weg, so, als wäre ihm meine Nähe unerträglich. Ein kurzer Stich in meiner Brust.

»Hör auf, mich in eine Schublade zu stecken, nur damit ich dir nicht zu nahe komme!«

Er setzt sich die Sonnenbrille wieder auf und schiebt somit einen deutlichen Riegel vor. Ich kann nicht mehr erkennen, was er fühlt. Eine weitere Gemeinsamkeit: Jared hat eine Körpersprache perfektioniert, die die Erkenntnis von dem unmöglich macht, was wirklich in ihm vorgeht. Je weiter er sich von mir entfernt, desto stärker zieht sich mein Magen zusammen. Mein Herz trommelt gegen meine Rippen, als ob es gerade einen Weltrekord brechen will. Ja, ich bin wütend. Auf ihn! Auf mich! Auf diese Stadt! Soll er doch gehen! Das Ende wäre sowieso ein Desaster geworden. Nur scheint mein Herz nicht auf den Verstand zu hören.

»Isst du gern Fisch?«

Meine Stimme überschlägt sich ein bisschen, als ich ihm diese unsinnige Frage hinterherrufe. Er bleibt nicht sofort stehen, sondern verlangsamt nur seine Schritte. Was habe ich gerade gesagt?

»Eigentlich stehe ich eher auf ein gutes Steak.«

Jetzt bleibt er doch stehen und sieht mich über die Schulter an.

»Oceanside ist berühmt für das *La Mer*. Ein großartiges Fischrestaurant.«

Meine Finger bilden einen nervösen Knoten, aber ich weiß einfach nicht, wohin damit. Jared zuckt die Schultern.

»Fisch klingt ganz okay.«

Er kommt langsam wieder auf mich zu, und ich spüre, wie sich ein Lächeln der Erleichterung auf mein Gesicht legt.

»Okay. Gut. Okay. Um neunzehn Uhr im *La Mer*?«

Sein Lächeln wird zu einem frechen Grinsen, das ihn unverschämt sexy aussehen lässt.

»Bittest du mich etwa um ein Date, Lynn?«

»Überstrapaziere dein Glück nicht, Parker.«

Damit schnappe ich mir meine Pepsi und will an ihm vorbei nach Hause, als er nach meinem Arm greift. So, wie er es schon an der Tankstelle getan hat. Und wieder reagiere ich auf seine Berührung. Er sieht mich an, und ich spüre, wie sein Daumen über meine Haut streicht. Jared beugt sich zu mir vor, seine Lippen streifen meine Wange, mein Herz klopft viel zu heftig.

»Mein Mustang wäre ohnehin viel zu eng für uns zwei ...«

Damit drückt er mir einen sanften Kuss auf die Wange, lässt mich los und beobachtet den Sonnenuntergang hinter uns. Langsam gehe ich weiter, noch immer etwas benommen von dem, was gerade passiert ist. Unglaublich, was ich da gerade getan habe. Ich werde allen Ernstes in Oceanside mit Jared Parker ins *La Mer* zum Essen gehen. Schlimmer noch, ich werde ihn einladen. Als ich heute Morgen aufgewacht bin, hatte ich mir einen solchen Ausgang des Tages nicht vorstellen können. Mein Lächeln überrascht mich dabei am meisten – weil es echt ist. Sofort überfällt mich dieses mulmige Gefühl, das sich in Form eines schlechten Gewissens in meinem Herzen festkrallt.

Mein Zimmer sieht noch immer genauso aus wie früher, als ich hier jeden Tag meines Lebens verbracht habe. Filmposter an den Wänden, die wir aus dem Kino mitgenommen haben, erinnerten uns an die Leinwandhelden, die große Abenteuer erleben durften, während wir am Pier oder an den Eisenbahngleisen den Geschmack von Freiheit suchten. Bücher, die mich durch das letzte Jahr in der Highschool geführt haben. Notizen zu meinen Prüfungen, Fotos von Freunden ... eigentlich nur von Simon. Wir hingen immer zusammen herum, da war kein Platz für eine große Clique.

Ich lasse mich erschöpft auf mein frisch bezogenes Bett fallen und schließe einen Moment die Augen. Meine Trips nach Hause sind selten gewöhnlich, aber so verrückt wie dieses Mal war es noch nie. Jared Parker in Oceanside zu wissen, das setzt ein Kribbeln in mir frei, das sich wie eine Schmetterlingsarmee sofort ausbreitet. Dieses Gefühl macht mir ein wenig Angst, weil es zu laut ist, um ignoriert zu werden. Bei den letzten Männern, mit denen ich zusammen war, habe ich klare Grenzen gezogen. Eigentlich waren es nur zwei: Billy, der mit meiner Verschlossenheit nicht zurechtkam und schnell das Weite gesucht hat, und danach Jimmy, mit dem ich eine kleine Weile im letzten Highschool-Jahr zusammen war. Allerdings hat er sich für ein College an der Westküste entschieden, und uns wurde schnell klar, dass das nicht gutgehen konnte. Sonst gab es keine Männergeschichten, von denen ich erzählen könnte. Flirten ja, ab und zu ein paar Küsse, aber nicht mehr. Zu groß war mir das Risiko, dass ich mich verlieben könnte. Obwohl die Auswahl an Männern, selbst in einer Stadt wie Boston, nicht gerade beeindruckend ist. Auf dem Campus gibt es die üblichen klischeebeladenen Jungs aus reichem Elternhaus, die nur saufen und Weiber im Kopf haben. Dann die Nerds, die ihre Nase kaum mal aus den Büchern nehmen oder nie vom Computer aufschauen. Abends trifft man auf Typen, die zu viel Zeit im Fitness-Studio verbringen, mehr auf ihren Sixpack als auf alles andere achten und ihren Oberkörper unter Tattoos verschwinden lassen, weil sie dem seltsamen Glauben verfallen sind, wir Frauen würden allein davon schon ein feuchtes Höschen bekommen. Und zwischen all diesen Idioten gibt es Jared Parker, über den man so gut wie nichts in Erfahrung bringen kann und um den sich so einige Gerüchte ranken. Das zumindest haben wir gemeinsam. Einmal habe ich gehört, wie ein Mädchen behauptete, er hätte irgendwo in Florida einen Sohn mit einer Frau, die er kaum kennt. Jungs behaupten, er hätte seinen Mustang bei einem Autorennen einem reichen Typen aus New York abgenommen. Claire hat mal gehört, dass er im Gefängnis war. Was davon wahr und was pure Erfindung ist, lässt sich nicht feststellen, weil ihn nie jemand darauf angesprochen hat. Ob er all diese Gerüchte um seine Person überhaupt kennt, weiß ich nicht. Freunde hat er ganz offenbar nicht. Das hat er sogar selbst gesagt.

Ich drehe mich auf die Seite und starre zu dem Fenster, durch das ich ein Stück Himmel sehen kann. Jared Parker ist ein Buch voller Geheimnisse. Wenn uns jemand zusammen gesehen hat oder es sich herumspricht, dass wir zusammen Boston verlassen haben, dann wird mich bestimmt eine sehr aufgeregte Claire im Wohnheim erwarten. Sie weiß, dass ich nach Oceanside gefahren bin. Ich behaupte immer, ich müsse meinen Eltern helfen; dafür hat sie Verständnis und fragt inzwischen auch nicht mehr nach. Von all den ätzenden Gerüchten und fiesen Lügengeschichten, die es über mich gibt, gefällt mir die über Jared und mich noch am besten. Vor allem Sarahs Gesicht, wenn sie erfahren wird, dass Jared mich in seinem Auto mitgenommen hat. Es wird sie umbringen, denn bisher gehört ihr allein das Gerücht, eine heiße Nacht mit ihm verbracht zu haben. Zumindest am Campus. Leider handelt es sich dabei nicht nur um ein Gerücht. Ich selbst habe ihn aus ihrem Zimmer kommen sehen. Wieso diese Erinnerung einen Stich in meiner Herzgegend hinterlässt, will ich gar nicht genau ergründen.

Mein Blick fällt auf die Uhr neben meinem Bett. So langsam sollte ich mich fertig machen. Nach diesem Tag wäre eine Dusche genau das Richtige. Zum Glück habe ich hier noch eine kleine Auswahl an Klamotten, damit ich nicht in den gleichen Jeansshorts und dem verschwitzten Top auftauchen muss. Nein, es ist kein Date! Und nein, ich werde mich nicht hübsch machen. Aus dem Alter sollte ich so langsam wirklich raus sein. Das habe ich nicht mal gemacht, als ich noch Schülerin der Oceanside High war. Und es gibt auch keinen Grund, jetzt damit anzufangen. Simon und ich haben uns immer über die Mädchen lustig gemacht, die sich zu den Bonfire Partys am Wochenende mit Make-up verschmiert haben, um die Herzen der Quarterbacks zu gewinnen. *Simon …* sooft versuche ich, an ihn und unsere Zeit zurückzudenken. Ohne dabei den Schmerz zu spüren. Ohne Tränen in den Augen. Aber es scheint mir nicht zu gelingen. Zu gern würde ich an den Sommer denken, als wir unten am Hafen ein paar Extra-Dollar verdient und verlorenen Schmuck im Sand gesucht haben. Als wir dachten, es wäre einfach, in nur einem Sommer reich zu werden. Doch außer Cola-Dosen und einigen verrosteten Schlüsseln haben wir so gut wie nichts gefunden. Trotzdem war es einer unserer besten Sommer. Und der letzte, den wir zusammen erlebt haben.

Würde er mich jetzt auslachen? Weil ich mir doch eine hübsche Bluse zu meinen knappen Jeansshorts anziehe? An meinen kurzen Haaren kann ich nicht besonders viel verändern, deswegen entscheide ich mich für ein leichtes Augen-Make-up. Der getönte Lipbalm dürfte reichen, immerhin will ich mich nicht stylen. Jared wird der Unterschied bestimmt nicht mal auffallen.

»Lynn? Lynn, bist du da drinnen?«

Meine Mutter hat früher nie angeklopft. Inzwischen tut sie es. Es hat angefangen, als ich meine Haare abgeschnitten habe und sie völlig schockiert war. Damals hat sie verstanden, dass sie mich verloren hat. Wenn ich nach Oceanside komme, dann will ich nie besonders lang bleiben. Auch wenn sie mich ab und zu darum bittet.

»Ich bin im Bad, Mom.«

Sie schiebt zögernd die Tür auf und bleibt wie angewurzelt stehen. So ungefähr hat sie mich damals auch angestarrt, als meine Haare auf dem Boden verteilt lagen und ich sie weinend immer weiter abgeschnitten habe. Etwas unsicher werfe ich einen schnellen Blick in den Spiegel. Okay, neben dem Kajal habe ich auch etwas Lidschatten und Mascara benutzt. Geplant habe ich es nicht, aber wenn ich mir mein Spiegelbild ansehe, dann erkenne ich mich kaum wieder.

»Du siehst hübsch aus.«

Wenn meine Mutter diesen Gesichtsausdruck bekommt, dann stimmt irgendwas nicht. So hat sie mich nicht besonders oft angesehen. Ein Lächeln umspielt ihre Lippen.

»Sehr hübsch.«

Ihre Stimme jagt mir eine Gänsehaut über den Körper. Es klingt nach einem Abschied.

»Mom!«

Genervt verdrehe ich die Augen und werde das Gefühl nicht los, dass es keine so gute Idee war. Sie wird fragen, wieso ich mich so schick mache, sie wird fragen, wo ich hingehe und wann ich nach Hause komme. Fragen, auf die ich zwar Antworten habe, die ich aber nicht aussprechen will.

»Entschuldige. Ich weiß, ich weiß, ich darf dir nicht sagen, wie hübsch du bist. Und wie schade es ist, dass du dir deine wunderschönen Haare abgeschnitten hast …«

Mom liebte meine langen Haare. Mädchen sollen lange Haare haben, weil sie das hübsch und feminin macht. Auch mit der Zeit hat sie sich ganz offensichtlich nicht an meinen neuen, recht dynamischen Haarschnitt gewöhnt.

»Ich mag es so lieber.«

»Ich wollte dir nur sagen, dass ein junger Mann unten auf dich wartet …«

Mein Herz legt einen Gang zu und stürzt mich in eine waghalsige Gefühlskurve. Das ist doch nicht wahr! Woher soll er meine Adresse haben?

»Was!?«

»Glaub mir, ich war ebenso überrascht …«

Das glaube ich gern. Außer Simon habe ich nur meinen ersten *echten* Freund, Jimmy Boyd, nach Hause gebracht. Die Größe des Hauses und die pompöse Inneneinrichtung hätten sonst jeden verschreckt.

»Jared Parker?«

»Das ist sein Name. Er sagte, er möchte dich abholen.«

Schnell werfe ich nervös einen Blick in den Spiegel. Sehe ich gut aus? Ist das Make-up albern? Woher kommt diese plötzliche Hitze in meinem Körper? Dieser Abend, dieses Outfit – das alles war eine dämliche Idee, oder? Hätte ich Jared fahren lassen sollen?

»Ist das dein Freund?«

»Was? Nein!«

»Gut! Er sieht ziemlich finster aus. Er hat ein blaues Auge.«

»Das hat er wegen mir!«

Früher habe ich meine Mutter gern schockiert, weil sie die

Freundschaft zwischen Simon und mir nicht verstanden hat. Ohnehin war ihr mein Umgang mit ihm nie recht. Aber jetzt sage ich einfach nur die Wahrheit.

»Aber das ist ...«

»Mom, er ist in Ordnung, okay?«

Sie soll sich keine Sorgen um mich machen. Vielleicht haben wir nicht das beste Verhältnis – ganz sicher haben wir das nicht –, aber sie soll nicht bemerken, wie schwer es mir fällt, mein Leben im Griff zu behalten. Und wie sehr ich mir eine helfende Hand wünsche.

»Okay.«

Sie nickt, und ich schiebe mich an ihr vorbei in mein Zimmer zurück, wo ich nach meiner Handtasche greife und ein Mal tief durchatme. Jared ist nicht mein Freund. Und er wird es auch nicht werden. An der Treppe drehe ich mich noch mal zu meiner Mutter um, die mir mit einer Mischung aus Stolz und Sorge hinterherblickt.

»Mom. Ich bin keine siebzehn mehr. Und ihr müsst nicht aufbleiben. Es könnte spät werden.«

»Dein Vater und ich fahren nach New York ...«

Kurz bleibe ich stehen und warte darauf, ob sie weiterspricht. Aber das tut sie nicht. Das hat sie nie getan. Sie fahren nach New York. Wahrscheinlich nicht zum Vergnügen, sondern zu einer Veranstaltung in der Großstadt, die niemals schläft. Oder um Geld zu spenden.

»Alles klar. Viel Spaß.«

Ich bin nicht oft daheim. Und wenn ich es bin, sind meine Eltern unterwegs. Fast so, als müssten sie dem Leben immer einen Schritt voraus sein. Oder als könnten sie es nicht mit mir unter einem Dach aushalten. Ich hole tief Luft und gehe die Treppen nach unten. Mit jedem Schritt spüre ich, wie nervös ich bin. Ganz ohne Grund, nur weil Jared hier unten auf mich wartet und mich dazu gekriegt hat, Make-up aufzulegen. Und es ist kein Tageslook. Nein, es ist ein Date-Look. Ich beiße mir auf die Unterlippe, als ich bemerke, wie schnell mein Herz schlägt. Wenn das kein Date ist, warum fühlt es sich dann so an?

Ich biege in den Flur, der so lang und breit ist, dass ein Kleinwagen direkt in die Küche oder ins Kaminzimmer fahren könnte. Und da sehe ich ihn: Jared schaut sich mit großen Augen staunend in der geräumigen Halle um, die in den Flur übergeht. Genau deswegen wollte ich vermeiden, dass er hierherkommt. Er wird es falsch verstehen, alles wird ihn einschüchtern und vergraulen. Außerdem wird dieses Anwesen Fragen aufwerfen. Fragen, auf die ich nur Antworten habe, die ich überhaupt nicht mag.

»Jared!? Was machst du hier?«

Er sieht überrascht zu mir hoch, als ich die breite Treppe herunterkomme und meine Schritte alles andere als sicher sind.

»Na ja, ich wollte dich abholen ...«

Er klingt so verwirrt, wie er aussieht, und macht daraus auch kein Geheimnis.

»Also habe ich nach der Adresse von Lynn Chase gefragt.«

Ich erreiche den Fuß der Treppe, und meine Hand klammert sich panisch um das Treppengeländer. Ein bisschen Halt, nur für alle Fälle.

»Du kannst dir vorstellen, wie erstaunt ich war, dass der junge Mann im Touristen-Shop keine Lynn *Chase* kennt. Er war aber mit einer gewissen Lynn *Preston* auf der Highschool.

Eine Lynn Preston, auf die deine Beschreibung perfekt passt.«

»Tja. Hm. Überraschung.«

»Allerdings. Die Adresse der Familie Preston hat er mir dann gegeben. Als ich das Haus gesehen habe, dachte ich erst, es muss sich um einen Irrtum handeln.«

Jareds Blick ist ernst, vielleicht ein bisschen wütend. Ja, ich habe ihn angelogen. Nicht nur ihn. Ich habe alle angelogen. Nicht um sie zu verletzen, sondern um mich zu schützen. Und zwar genau vor Reaktionen wie dieser.

»Jared, ich kann das alles erklären.«

Wieso ich es nicht einfach tue, weiß ich nicht. Kurz huscht ein Lächeln über Jareds Gesicht, als sein Blick über meinen Körper wandert. Egal, wie viele Kleiderschichten ich am Körper trage – wenn Jared mich so ansieht, komme ich mir nackt vor. Als würde sein Blick direkt über meine Haut streichen. Das Kribbeln beginnt ganz leise und ohne Vorankündigung, bevor es sich rasend schnell in meinem Magen ausbreitet. Langsam wandern seine Augen zurück zu meinem Gesicht, und ich hoffe, der dünne BH unter der Bluse verheimlicht meine Reaktion auf seinen Blick.

»Du heißt also Lynn Preston?«

Ich nicke langsam und lehne mich an das Treppengeländer. Jared steht noch immer in der Eingangshalle und mustert mich abwartend. Das Lächeln ist ebenso schnell wieder verschwunden, wie es aufgetaucht ist.

»Ich dachte, dein Nachname ist Chase?«

»Das ist der Mädchenname meiner Mutter.«

Für viele wäre das Erklärung genug – aber nicht für Jared, der mich keine Sekunde aus den Augen lässt.

»Wenn dein Nachname Preston wäre, würdest du ihn auch ändern wollen.«

»Ich kann dir nicht ganz folgen.«

Bin ich wirklich bereit, ihm meine halbe Lebensgeschichte zu erzählen? Hier, im Haus meiner Eltern? Und ohne Vorwarnung?

»Es ist keine große Sache. Ich will nur nicht ständig mit meinem Vater in Verbindung gebracht werden. Vor allem nicht in Boston. Also gebe ich den Namen meiner Mutter an. Du siehst, alles halb so wild.«

»Wer ist dein Dad?«

»Mein Dad hat Jura studiert, war kurz am Supreme Court tätig, aber inzwischen schraubt er an seiner Karriere im Senat. Und meine Mom ist ...«

Ich zucke die Schultern.

»... einfach seine Frau.«

Und scheint damit ziemlich ausgelastet zu sein. Ich habe sie nie unzufrieden mit der Rolle als Frau an seiner Seite erlebt. Nie habe ich gehört, dass sie lieber einen Beruf ausüben wollte. Blumen, Teepartys und die öffentlichen Auftritte an der Seite meines Vaters, das alles füllt sie komplett aus. Die meisten hier in Oceanside und viele Leute in Boston kennen meinen Vater. Sie wissen, welchen Einfluss er haben kann.

»Warte! Dein Dad ist doch nicht ... Senator Phil Preston?«

Auch Jared hat also seinen Namen schon gehört und ist sich über seine Bedeutung im Klaren. Eine Spur von Bewunderung ist in seinen Augen zu erkennen.

»Doch.«

»Wow! Das erklärt dieses Haus.«

»Vor allem nervt es. Und ich habe immer nur für Ärger

gesorgt. Ich passe wohl nicht in das herkömmliche Bild einer Vorzeigetochter.«

»Das kann ich nicht beurteilen.«

Stimmt. Dafür habe ich ihm bei weitem nicht genug von mir erzählt.

»Du bist eine wahre Wundertüte, Lynn Preston.«

»Chase.«

»Nun, Lynn *Chase*, du siehst bezaubernd aus.«

Wenn er solche Dinge sagt und so charmant ist, werde ich noch eine große Dummheit begehen. Mein Lächeln verrät mich.

»Danke. Du hast dich aber auch ganz schön in Schale geworfen.«

Ich deute auf sein neues weißes T-Shirt, auf dem in blauer Schreibschrift *Welcome to Oceanside* steht. Diese T-Shirts kann man überall hier kaufen. Jeder Tourist fällt auf den Trick rein und schlägt zu. Ich kann mein Lächeln immer schwerer verbergen. Jared hat gewonnen. Mit solchen Gesten wird er mich knacken und aufbrechen. Wenn ich nicht höllisch aufpasse, dann wird er mich zerbrochen irgendwo zurücklassen.

»Nachdem du mich am Pier alleingelassen hast, musste ich irgendwie die Zeit totschlagen. Im Shop hat man mir dieses T-Shirt empfohlen.«

»Eine gute Wahl.«

»Noch ein Tag, und ich werde Ehrenbürger der Stadt.«

Damit zwinkert er mir mit dem gesunden Auge zu und weiß ganz genau, dass ich mich ihm nicht mehr besonders lang entziehen kann. Wenn er morgen wirklich noch hier sein wird, habe ich ein verdammt großes Problem.

»Los, gehen wir essen.«

Er reicht mir seinen Arm, den ich nur zögernd nehme. Vielleicht ist es ein Fehler. Vielleicht ist es eine Dummheit. Aber diesen Abend sollte ich genießen. Weil jeder ab und zu mal loslassen muss. Zwar habe ich Angst vor dem Fall – aber als Jared mich aus dem Haus zu seinem Wagen führt und ich – an seinem Arm eingehakt – neben ihm hergehe, da fühlt sich die Fallhöhe plötzlich nicht mehr so hoch an. Als könnte ich nicht fallen, höchstens stolpern. Und als wäre Jared da, um mich zu halten. Ob ich das nun zugeben werde oder nicht: Alles erinnert mich viel zu sehr an eine dieser Szenen aus einem Liebesfilm, als dass ich mir einreden könnte, es wäre kein Date.

Kapitel 8

Das *La Mer* ist gut besucht, so wie ich es in Erinnerung habe. Die Kellner in ihren klassischen Uniformen, oft Jungs von der Highschool, die sich hier ein bisschen extra Taschengeld verdienen wollen, die Tische für meinen Geschmack etwas zu übertrieben geschmückt – und mitten drin: Jared und ich. Während der Fahrt hierher war er erstaunlich still. Nur an der roten Ampel hat er mir einen kurzen Blick zugeworfen und gelächelt. Da hat es sich wirklich wie ein Date angefühlt, und das sollte es nicht. Doch auch jetzt, als ich eine Cola light bestelle und Jared ein Root Beer, will sich das Gefühl wieder ausbreiten. Nur mit Mühe und Not halte ich es zusammen, bevor es meinen ganzen Körper in Besitz nimmt.

»Hier bist du also aufgewachsen?«

Er gibt sich Mühe, das rechne ich ihm hoch an. Unter anderen Umständen würde ich gern mit ihm hier sitzen. Wenn ich einiges ändern könnte.

»Kleinstadt-Mädchen, ganz genau.«

»Von der Kleinstadt bemerkt man aber nicht viel, wenn man sich dein Haus ansieht.«

»Es nicht mein Haus. Es gehört meinen Eltern.«

»Aber du bist dort aufgewachsen, oder?«

Nein. Aufgewachsen bin ich in der Nähe der Baker Street,

bei Simon und seinem Dad. Geschlafen habe ich im Anwesen meiner Familie, zu der ich mich nicht gezählt habe.

»Manchmal.«

Jared nickt und greift nach einem Stückchen Brot.

»Du wirkst nicht wie die reichen Mädchen am Kensington ...«

Das Brot zwischen seinen Fingern ist wohl unheimlich interessant, denn seitdem wir im *La Mer* angekommen sind, scheint Jared alles faszinierend zu finden.

»Jared, ich spiele beim Billard um Geld. Ich brauche das Geld meiner Eltern nicht, ich sorge selbst dafür.«

Er stützt sein Kinn auf seine Hände, dabei beobachtet er mich etwas zu genau für meinen Geschmack. Er macht mich nervös, das gefällt mir nicht. Niemand macht mich nervös. Zumindest nicht mit nur einem Blick. Jared ist die Ausnahme.

»Das dachte ich mir schon.«

Ich räuspere mich kurz.

»Und ich würde es nett finden, wenn du diese Tatsache für dich behalten könntest.«

Wenn das die Runde macht und Leute wie Sarah davon erfahren, wird es nicht leicht, die Fragen abzuschmettern. Aber Jared nickt nur ernst, und ich weiß, er wird es niemandem erzählen.

»Muss anstrengend sein.«

Er nimmt einen Schluck Root Beer, ohne mich auch nur eine Sekunde aus den Augen zu lassen. Mir sollte ein lässiger Spruch einfallen. Einer aus meinem Repertoire, das ich für Momente wie diese angelegt habe. Ich greife in meinen Fundus der kecken Bemerkungen – und bevor mein Gesprächspartner es sich versieht, habe ich ihn genug verwirrt, und er verliert das Interesse. Jetzt fühlt sich ebendieser Fundus leer an. Aufgebraucht. Unnütz. Ich sehe wieder zu Jared, der ein feines Lächeln auf seinen Lippen trägt, was es nur zu leicht macht. Für diesen Abend, für diese einzige Ausnahme, gestehe ich mir eine Schwäche zu. Ich bin ehrlich.

»Manchmal.«

»Das kenne ich. So tun zu müssen, als wäre man jemand anderes.«

Seine Stimme nimmt einen bitteren Unterton an, den ich mir nicht nur eingebildet habe. Er lächelt kurz und will mich damit beruhigen.

»Dabei hast du das gar nicht nötig, Lynn.«

Wenn er wüsste!

»Ich denke, es ist ein legitimer Schutz.«

»Sicher. Es ist nur furchtbar kräftezehrend.«

Alles, was er sagt, klingt tatsächlich so, als würde er aus Erfahrung sprechen. Dabei hat ein Kerl wie er doch keinen Grund, so was zu tun. Er sieht gut aus, er hat einen gewissen Charme und einen Job, der ihm von Haus aus die unliebsamen Mitmenschen vom Hals halten dürfte.

»Das mag sein. Aber man gewöhnt sich daran.«

Da ist er wieder, mein Fundus an öden Floskeln. Der Kellner kommt an unseren Tisch, um unsere Bestellung aufzunehmen. Ich entscheide mich für den Fisch von der Tageskarte, Jared nimmt die Pasta mit Meeresfrüchten. Eine ausgesprochen gute Wahl, das ist sozusagen das Aushängeschild des *La Mer.* Jared wird begeistert sein. Ein Teil von mir will, dass er Oceanside mag, aber der andere Teil ist lauter, eine schrille Stimme in meinem Kopf, die schon den ganzen Abend schreit, dass es ein Fehler ist, ihn hier zu haben.

»Man gewöhnt sich bestimmt auch an Fisch. Dennoch geht nichts über ein gutes Steak.«

Er zwinkert mir zu und sieht sich erneut in dem schicken Restaurant um. Die gestärkten weißen Tischdecken, die feinen Stoffservietten, Kellner in Uniform ... das alles ist so weit weg vom *Red Lion Pub*.

»So einen Laden gibt es in Colby nicht, das kann ich dir sagen.«

Als er das sagt, kommt unbewusst sein Akzent aus Kansas durch, und ich muss schmunzeln. Jared verwandelt sich vor meinem inneren Auge in einen typischen Farmer, der mit seinem Traktor über die anscheinend endlosen Felder fährt. Es passt so gar nicht zu dem Jared, der hier vor mir sitzt.

»Ich meine, wir haben auch Restaurants. Nur eben nicht solche.«

Er deutet auf den Tisch vor uns, mit dem edlen Silberbesteck und den auf Hochglanz polierten Gläsern.

»Wir hätten doch zu *Joe's* gehen sollen, oder?«

»Nein. Ich finde es nett hier. Es ist so ... anders.«

»Wie ist Colby denn so?«

Jared sieht mich kurz an und scheint abzuwägen, ob er auf diese Frage antworten will. Er holt tief Luft, als würde es ihn Kraft kosten, die folgenden Worte auszusprechen.

»Colby ist ... klein. Eng. Staubig. Es schnürt dir die Luft ab.«

Das Gefühl kenne ich nur zu gut. Denn selbst im *La Mer* habe ich das Gefühl, in meinem alten Kleinstadtleben eingeschnürt zu sein wie in einem Korsett, das mir nicht so recht passen will.

»Und wenn man als Jugendlicher in einer zu kleinen Stadt

zu wenig zu tun hat, dann tut man oft Dinge, die sich groß anfühlen.«

Sein Blick ist nach innen gerichtet, als würde er gar nicht mehr hier sein. Er ist für diesen Bruchteil der Sekunde wieder zu Hause in Colby, wo er sich nicht wohl fühlt. Er mag über sich sprechen, aber es könnte ebenso eine Beschreibung meiner Kindheit und Jugend sein. Simon und ich, wir hatten immer den Traum, so schnell wie möglich von hier zu verschwinden, weil Oceanside zwar ein nettes Küstenörtchen ist, aber uns nicht die Bühne für unsere Träume bieten konnte. Jared scheint es nicht anders ergangen zu sein.

»Und man tut dumme Dinge.«

Seine Stimme klingt leise und zerbrechlich. In seinen klaren Augen schimmert eine Erinnerung an damals, die ihn bis heute nicht losgelassen hat. Zu gern möchte ich fragen, was ihn beschäftigt, aber ich würde eine Grenze überschreiten. Denn er würde dann das gleiche Recht haben, mich solche Sachen zu fragen. Und ich würde ihm antworten müssen.

»Glaub mir, Jared, ich bin Expertin im Dumme-Dinge-Tun.«

Mein Lächeln fühlt sich schief an, aber es erfüllt seinen Zweck: Jared lächelt zurück, wenn auch traurig. Ob er es nun wollte oder nicht, er hat mein Interesse an ihm nur noch mehr geweckt. Was hat aus dem Jungen aus Colby, Kansas, diesen Mann werden lassen?

»Wie dem auch sei, ich glaube, du hättest es mit Oceanside schlechter erwischen können.«

Er deutet auf sein T-Shirt, das mich erneut zum Lachen bringt. Unglaublich, dass er das wirklich gekauft hat. Noch unglaublicher, dass er es in diesem Laden hier trägt, mit mir an seiner Seite.

»Immerhin habt ihr den Atlantik!«

»Der hat es dir echt angetan, oder?«

»Wenn du zwischen Feldern aufwächst, ist das Meer eine tolle Abwechslung.«

Er klingt wie der typische, begeisterte Tourist, aber ihm nehme ich das nicht übel. Ganz im Gegenteil, ich finde es fast niedlich, zu sehen, wie Jared leuchtende Augen bekommt und sich in einen kleinen Jungen verwandelt, der zum ersten Mal das Meer sieht. Lächelnd schüttle ich den Kopf und lasse meinen Blick durch das Restaurant schweifen. Ja, ganz ohne Zweifel tut Oceanside alles, um sich als süßes Städtchen mit Flair zu präsentieren. An einem Tisch weiter hinten sitzt ein junges Paar. Die beiden gehen bestimmt noch auf die Oceanside High. Der Junge gibt sich große Mühe, das Mädchen zu beeindrucken, das kann ich sogar von hier erkennen. Aber sie scheint eher unglücklich. Ein mir vertrautes Gefühl. Irgendwas an ihr erinnert mich an die Zeit, als ich jünger war. Sie wirkt so, als wäre sie lieber mit einem anderen Jungen hier.

Der Kellner, Dillen, ein anderer Junge aus der Highschool, tritt an ihren Tisch, und die Körperhaltung des Mädchens verändert sich. Sieh einer an ...

»Süßes Paar, hm?«

Jared reißt mich aus meinen Gedanken, und ich bemerke, dass auch er das Pärchen und den Kellner beobachtet.

»Ja, aber die Kleine steht auf den Kellner, Dillen.«

»Kennst du ihn?«

»Nicht direkt. Aber man kennt seinen Vater.«

Ich werfe Jared einen kurzen Blick zu. Er scheint zu verstehen, dass man Dillens Vater nicht gerade wegen seiner positiven Ausstrahlung kennt. Ganz im Gegenteil. Auch in Oceanside gibt es Dinge, über die man nicht spricht. Die man verdrängt und von denen erwartet wird, dass sie sich in Luft auflösen. Zu ärgerlich, wenn sie es nicht tun und man auf unangenehme Weise immer mal wieder daran erinnert wird.

Unser Kellner bringt uns das Essen, und Jared mustert das bunte Treiben auf seinem Teller genau. Nein, Meeresfrüchte scheinen nicht auf seinem üblichen Speiseplan zu stehen. Ich muss zum wiederholten Mal an diesem Abend grinsen.

»Keine Sorge, die Viecher sind schon tot.«

»Das hoffe ich.«

Er stochert misstrauisch in der Pasta und entscheidet sich dann doch für ein Stück Brot.

»Du wolltest, dass ich mich für die Autofahrt erkenntlich zeige ... das mindeste, was du tun könntest, ist essen.«

Während ich spreche, nehme ich den Fisch vor mir geübt auseinander, ziehe die Gräten raus und schiebe mir genüsslich ein Stück in den Mund. Statt auf dem Brot kaut Jared nervös auf der Unterlippe. Eingehend mustert er noch immer seinen Teller.

»Bei uns gibt es eben nicht besonders viel von diesen Dingern hier ...«

Wieder scheint es ihm nicht aufzufallen, als er in den typischen Singsang aus dem Mittleren Westen verfällt. Ein kleines bisschen tut er mir leid, aber ich genieße diese Situation zu sehr, als dass ich sie jetzt schon auflösen möchte.

»Na dann, Cowboy, spring über deinen Schatten!«

Er spießt eine Muschel auf die Gabel und betrachtet sie etwas genauer.

»Du bist doch so ein großer Fan des Ozeans.«

»Na ja, wenn ich drin schwimmen kann. Nicht, wenn ich seine Bewohner essen soll.«

»Du hättest den Fisch wählen können.«

Mein Grinsen wird nur noch größer, als er die Muschel wieder auf den Teller legt.

»Wäre es zu spät, um doch noch um einen Burger bei *Joe's* zu betteln? Bei uns in Kansas isst man mit Vorliebe Tiere, die sich auf vier Beinen fortbewegen.«

»Das hättest du dir vorher überlegen sollen.«

Er legt die Gabel neben den Teller und hebt abwehrend die Hände.

»Ich wollte dich nur beeindrucken. Ich dachte, wenn ich mich als plumper Farmer oute, wirst du nie mit mir …«

Er verstummt und sieht kurz weg, zurück zu dem Tisch mit dem jungen Paar. Zu gern würde ich hören, wie er den Satz beenden wollte. Ausgehen? Habe ich ihn verunsichert? Das dürfte bei Jared doch gar nicht so einfach sein. Und dann wird es mir klar: Nicht *ich* habe ihn verunsichert, nein, dieses Restaurant verunsichert ihn. Er fühlt sich unwohl und fehl am Platz. Genauso wie ich.

»Du kannst ja vielleicht nur die Nudeln essen.«

»Klingt nach einem Plan.«

Sein Lächeln in diesem Moment ist eine schlechte Kopie von dem Lächeln, das ich sonst an ihm kenne – und in das ich mich bereits ein bisschen verliebt habe.

»Lynn Preston?«

Die Stimme eines jungen Mannes reißt uns aus unseren Gedanken und unterbricht Jareds Versuch, die Pasta von dem Muschelfleisch und den Calamari zu befreien.

»Mein Gott, du warst ja ewig nicht mehr hier!«

Es ist Kevin Bennett, der Sohn des Restaurantbesitzers. Wir waren zusammen auf der Highschool. Er war nur eine Jahrgangsstufe über mir. Kevin war der Schwarm aller Mädchen, mich ausgenommen. Mir hat es nie besonders gut gefallen, dass er seinen Status dazu benutzt hat, um zu bekommen, was er wollte. Er trägt seine blonden Haare kurz und presst sie mit ausreichend Gel in eine strenge Frisur. Dazu ist er glatt rasiert, anders als Jared, und sein Lächeln strahlt so sehr, dass er es noch in der finstersten Nacht als Taschenlampe benutzen könnte. Warum er so eine große Sache aus meinem Besuch macht, weiß ich nicht. Zugegeben, es ist schon eine Weile her, dass ich hier gewesen war. Damals war Simon noch am Leben … damals war ich noch Lynn Preston.

»Hi, Kevin.«

Ich will nicht unhöflich sein und schenke ihm ein Lächeln, während er mir mit einer übertriebenen Geste die Hand küsst, als wäre ich ein Mitglied der Präsidentenfamilie. Jareds verwirrter Blick huscht zwischen Kevin und mir hin und her.

»Ich hoffe, es ist alles zu eurer vollsten Zufriedenheit …«

»Ist es. Danke.«

Er soll gehen, denn mit jeder Sekunde, die er mit seinem schicken Sommeranzug an unserem Tisch steht, wird Jared verkrampfter. Jetzt erst scheint auch Kevin ihn so richtig bemerkt zu haben und wirft ihm einen verwirrten Blick zu.

»Nun … was verschlägt dich wieder nach Oceanside?«

Mein toter bester Freund.

»Ich wollte Jared meine Heimatstadt zeigen.«

Ich deute zu Jared, der nur kurz die Hand zum Gruß hebt und dann wieder auf seinen Teller mit der Pasta starrt, die er noch immer nicht angerührt hat. Kevin wirft mir einen unsicheren Blick zu. Er mustert das Veilchen über Jareds Auge und das T-Shirt, bevor er sein Lächeln wieder aufschraubt.

»Darf es später noch eine Nachspeise sein? Auf Kosten des Hauses natürlich!«

»Ist wirklich nicht nötig …«

»Ich bestehe darauf! Wenn wir schon mal beide gleichzeitig hier sind. Ich muss montags bereits wieder zurück am College sein. Dartmouth.«

Jareds Kiefer spannt sich an. Dieses Abendessen war eine ganz dumme Idee, und ich möchte mich dafür entschuldigen. Aber Kevin steht noch immer wie angewurzelt neben unserem Tisch und strahlt mich mit seinem Taschenlampengrinsen an. Ich will nicht unhöflich sein.

»Dartmouth also.«

»Nur das Beste vom Besten. Wie immer.«

Irgendwie muss ich ihn loswerden. Jareds Schultern hängen inzwischen schon bedrohlich tief, und er schiebt den Teller von sich.

»Wir nehmen zweimal das Tiramisu, Kevin. Und könntest du es einpacken? Wir müssen nämlich gehen.«

»Aber …«

Er deutet auf unsere vollen Teller.

»Ihr habt …«

»Und wir haben es irre eilig.«

Mein Lächeln ist falsch und übertrieben, aber es ist nur Mittel zum Zweck. Nicht nur ich muss dringend hier raus, auch Jared sieht so aus, als ob der Sauerstoffgehalt des Raumes rapide abgenommen hätte. Kevin nickt etwas irritiert und macht sich dann auf den Weg in die Küche, um unsere Nachspeise besonders liebevoll in eine Plastiktüte einpacken zu lassen. Ich werfe Jared einen kurzen Blick und ein echtes Lächeln zu, das er dankbar erwidert, während er deutlich erleichtert ausatmet. Mein Herz sendet verrückte Gefühle an meinen Kopf, und wenn Jared mich so ansieht, weiß ich nicht mehr, ob ich mir selbst noch vertraue. Ich schiebe den Stuhl zurück und nicke in Richtung Toilette.

»Entschuldigst du mich einen Moment?«

Mein Spiegelbild erinnert mich ein bisschen an die Lynn, die Simon so sehr mochte. Oceanside fühlt sich heute Abend anders an. Sicher, es wird immer Leute wie Kevin Bennett geben, die mich daran erinnern, wieso ich es hier nicht lang aushalte. Aber Jared ... Wieder schummelt sich ein Lächeln auf meine Lippen, während ich mir die Hände wasche und mein Gesicht erneut im Spiegel betrachte. Warum ist er hier? Und warum bin ich mit ihm wirklich zu diesem »Nicht-Date-Date« gegangen? Mein Kopf hat zahlreiche Antworten auf diese Frage parat, aber ich weigere mich, auch nur eine davon zu akzeptieren. Stattdessen wasche ich mir erneut die Hände, fast so, als könnte ich die Gedanken damit wegspülen, als die Tür aufgerissen wird und eine junge Frau fast gegen meinen Körper prallt. Sie hat es ziemlich eilig, wie es scheint.

»Oh, wow! Alles okay?«

Sie sieht nicht so aus, als ob sie einfach nur die Toilette aufsuchen wollte. Etwas in ihrem Blick erinnert mich an ein gejagtes Reh, das keine Fluchtmöglichkeit mehr hat. Sie ist das Mädchen, das mir vorhin schon im Restaurant aufgefallen ist. Sie schaut mich einen kurzen Moment zögernd an, dann schüttelt sie den Kopf.

»Nichts ist okay!«

Das muss sie gar nicht laut aussprechen, weil ich es auch so sehen kann. Sie ist jünger als ich, keine Frage, aber etwas an ihr erinnert mich an mein früheres Ich. Kurz werfe ich ihr im Spiegel einen Blick zu. Sie wirkt noch immer gehetzt, als wäre sie auch hier nicht wirklich sicher. Ohne Zweifel sucht sie einen Ausweg, und wenn ich die Szene vorhin richtig beobachtet habe, weiß ich auch, in welcher Lage sie sich befindet. Ich muss grinsen.

»Du siehst nicht aus wie eine, die mehrere Typen gleichzeitig hat.«

»Wie bitte?«

Sie wirkt ertappt und ein bisschen wütend, als sie zu mir sieht und gar nicht mehr so unsicher wirkt wie gerade noch. Ich zucke nur die Schultern und greife an ihr vorbei nach einem der Handtücher.

»Na ja, du bist mit einem Typ zum Essen hier, hast aber nur Augen für den Kellner.« Sie will etwas erwidern – doch egal, was sie jetzt sagen wird, es ist eine Ausrede. Das wissen wir beide nur zu genau. Abwehrend hebe ich die Hände und schenke ihr ein Lächeln, das ich auch so meine.

»Hey, ich verstehe dich. Ich meine es ernst, ich verstehe dich gut.«

Wenn sie wüsste, wie leicht ihre Gefühle zu durchschauen sind, sie würde sich wundern. Ein bisschen tut sie mir leid, weil sie noch nicht zu ahnen scheint, wie sehr sie sich bei diesem Spiel weh tun kann. Ich drehe mich zu ihr.

»Dillen ist toll. Mehr als toll.«

»Du … du kennst ihn?«

»Ich kenne ihn gut.«

Sie scheint wenig begeistert davon. Wieder muss ich grinsen, als ich sanft den Kopf schüttle.

»Nicht so, wie du denkst.«

Sie atmet erleichtert aus und verrät sich nur noch mehr. Ihre Stimme klingt unsicher, als sie die Frage stellt, auf die ich gewartet habe.

»Und woher … ich meine, woher kennt ihr euch?«

»Dillen hat mir einmal geholfen, als es mir nicht gutging.«

Bevor sie fragen kann, was ich damit sagen will, rede ich schnell weiter.

»Es geht mich ja nichts an, aber darf ich dir einen Rat geben?«

Sie nickt.

»Dillen ist … schwierig.«

Und ich weiß, wieso. Es wird nicht einfach, aber er ist es wert. Und genau das soll sie wissen.

»Ach …«

»Aber das ist nur Fassade.«

Wenn jemand das durchschauen kann, dann bin ich es.

»Glaub mir, ich weiß, wovon ich spreche.«

Damit werfe ich das Handtuch in den hohen Korb neben dem Waschtisch. Wenn sie es ernst meint, wird sie meine Worte verstehen.

»Um manche Menschen muss man etwas mehr kämpfen als um andere.«

Ich schenke ihr ein warmes Lächeln und hoffe, dass sie Dillen nicht weh tun wird. Das hat er nicht verdient. Das hat niemand verdient.

»Aber ich verspreche dir, sie sind es wert.«

Damit zwinkere ich ihr zu, schiebe mich an ihr vorbei und verlasse die Toilette. Es gibt jemanden, der da draußen auf mich wartet. Und ich muss mir selbst die Frage stellen, wie nah ich ihn noch an mich heranlassen will. Als ich zurück an unseren Tisch komme, sieht Jared mich aus seinen klaren Augen an, und kurz zuckt ein Lächeln über seine vollen Lippen.

»Willst du einen hungrigen Cowboy glücklich machen?«

»Immer.«

»Dann komm. Holen wir uns Fleisch.«

Kapitel 9

Er scheint richtig erleichtert zu sein, als er in den Burger beißt und kurz die Augen schließt. Wer hätte gedacht, dass ein Stück gegrilltes Fleisch zwischen zwei Brotscheiben einen Mann wie Jared so glücklich machen kann?

»Besser?«

Ich reiche ihm eine zweite Serviette, und er nickt begeistert.

»Ich könnte mich ausschließlich davon ernähren.«

Das fällt mir allerdings schwer zu glauben, wenn ich mir seine Figur so betrachte. Diesmal kann er mich auch gern dabei ertappen.

»Das sehe ich …«

Amüsiert ziehe ich eine Augenbraue hoch, und Jared wischt sich grinsend etwas Ketchup aus dem Mundwinkel.

»Okay, vielleicht nicht ausschließlich.«

Wir sitzen auf roten Plastikstühlen vor dem Burger-Restaurant und genießen das rege Treiben am Pier. Selbst um diese Uhrzeit ist hier noch einiges los. Jugendliche, ebenso wie ältere Paare, genießen die Aussicht und tummeln sich auf den Straßen. Jared scheint das zu genießen, während es für mich eine Art Alltag der Vergangenheit ist. Den Spaß an der Sache will ich ihm trotzdem nicht nehmen.

»Und dieser Kevin …«

Er nimmt einen Schluck aus dem Pappbecher und versucht, so gleichgültig wie nur möglich zu klingen.

»Ja?«

»Kennt ihr euch gut?«

»Nein. Aber er muss zu allen so nett sein. Seinem Dad gehört das Restaurant.«

Er lässt mich keine Sekunde aus den Augen. Das ist auch gut so, weil ich mich inzwischen sehr daran gewöhnt habe, wie er mich ansieht. Ja, es lässt mich noch immer ein bisschen panisch werden – und nein, ich werde es nicht offen zugeben, aber ich genieße diesen Abend, wie ich schon lang nichts mehr genossen habe. Zwar klammert sich ein Teil von mir noch an die Sicherheit und den Abstand der Lüge, ich würde nicht schon längst fallen, aber ich blocke all diese Gedanken ab. Jared, das wird mir erneut bewusst, tut mir gut.

»Er geht auf das Dartmouth College …«

Von allen Infos des heutigen Abends scheint ihm diese besonders in Erinnerung geblieben zu sein. Ich nicke langsam.

»Sieht so aus.«

»Na ja, wer es sich leisten kann.«

»Ein College macht dich noch nicht zu einem besseren Menschen.«

»Aber es erhöht deine Chancen.«

Da sind wir unterschiedlicher Meinung, doch ich schweige. Jared schüttelt leicht den Kopf und lächelt mich an.

»Der Burger ist verdammt gut.«

Er zwinkert mir zu, und ich spüre das Verlangen, ihn zu berühren. Bisher hat er es nicht getan. Ihm so nah zu sein, aber nicht von ihm berührt zu werden, das bringt mich früher oder später noch um den Verstand. In Boston ist das leicht, dort habe ich für mein Leben bestimmte Regeln aufgestellt und lasse mich nicht einfach gehen. Hier in Oceanside ist es mir nicht so wichtig. Die meisten Leute kennen mich und wissen genau, warum ich so bin, wie ich bin – und warum ich von hier fortgehen musste.

»Bisher habe ich also den Pier und den Touristen-Shop gesehen …«

»Viel mehr hat Oceanside auch nicht zu bieten.«

»Du lügst.«

Ich wünschte, es wäre so.

»Ich könnte dir natürlich noch die total angesagten Clubs mit den exklusivsten Live-DJs zeigen. Die es hier nicht gibt.«

Jared tut gespielt überrascht und lässt den Burger zurück auf das Tablett sinken.

»Nein!«

»O doch.«

»Und wo hast du dir früher so die Nächte um die Ohren geschlagen?«

Er grinst mich breit an – es ist ein Scherz, natürlich. Woher soll er wissen, wie sehr mich diese Art von Fragen in eine Erinnerung katapultieren, die sich wie ein Absturz anfühlt. Jared legt den Burger zur Seite und sieht mich fragend an.

»Alles okay?«

Ich nicke, bevor ich überlegen kann. Es ist meine Standardreaktion auf diese Frage. Mein Körper scheint darauf konditioniert zu sein, er reagiert ganz ohne meine Kontrolle. Bisher haben sich Leute mit dieser Antwort immer nur zu gern abgefunden. Weil niemand wirklich wissen will, wie es einem geht. Es ist zu einer Floskel geworden. Nur Jared scheint da anders zu sein. Er glaubt mir nicht, das verrät sein prüfender Blick.

»Lynn, manchmal wünschte ich mir, du würdest zur Abwechslung mal ehrlich sein.«

Das falsche Lächeln auf meinem Gesicht verrät mich, denn ich gebe mir nicht mal sonderlich große Mühe, um das zu vertuschen.

»Mir geht es gut.«

»Lynn ...«

Ich unterbreche ihn schnell, bevor er wieder etwas sagen kann, was genau richtig ist und ihn nur noch anziehender macht. Er macht es mir auch so schon schwer genug, mich nicht in ihn zu verlieben.

»Keine Sorge, Jared.«

Seine Augen mustern mich noch immer, aber er gibt nach und nickt langsam. Vielleicht weil er bemerkt, dass ich nicht darüber reden will. Auch nicht mit ihm.

»Wir waren früher mit dem Boot draußen.«

Meine kleine Notlüge scheint ihn zu beruhigen. Die Faszination für den Ozean hat wieder Besitz von ihm ergriffen, als er sich zu mir herbeugt.

»Du hast ein Boot?«

Fast muss ich lachen, wenn ich an die Boote meines Vaters denke. Er scheint sie zu sammeln, aber er wird sie wohl nur als willkommenen Anlass betrachten, um mal seine schicken Segelschuhe ausführen zu können. Zumindest kann ich mich nicht daran erinnern, dass er jemals wirklich eines der Boote aus dem Hafen hinausgefahren hat.

»Mein Freund hatte ein Boot.«

Denn eigentlich waren wir immer mit Simons Boot draußen. Es war klein und alt. Es war perfekt. Es war alles, was wir brauchten. Einmal damit um die Welt zu schippern, das klang immer so verlockend. Und eines Tages wollten wir …

»Dein Freund?«

Oh, verdammt! Wieso kann ich bei Jared nicht mehr klar denken? Ich erzähle ihm Dinge, die tatsächlich so passiert sind. Die ich tatsächlich erlebt habe. Es sind keine Lügengeschichten, die verwirren sollen. Es ist die Wahrheit.

»Ja.«

Er nickt, und das Blau seiner Augen scheint sich kurz zu verdunkeln. Ich sollte es zumindest erklären, bevor er Spekulationen anstellen kann …

»Lynn?«

Verdammt noch mal, da bin ich immer mal wieder in Oceanside und sehe so gut wie keinen aus meiner alten Schule – und ausgerechnet jetzt, mit Jared, laufe ich in eine Parade aus ehemaligen Mitschülern. Doch als ich meinen Blick hebe, um zu erkennen, wer mich da anspricht, ertappe ich meine Mundwinkel dabei, wie sie sich zu einem Lächeln verziehen.

»Jimmy?«

Außer Simon gab es nur sehr wenige Leute an der Highschool, die ich mochte. Jimmy Boyd gehört auf jeden Fall dazu. Für eine kleine, aber schöne Weile waren wir sogar ein Paar. Jimmys Humor und seine Freundschaft zu Simon haben es leicht gemacht, sich in ihn zu verlieben. Seine großen braunen Augen, die immer ein bisschen funkeln, als würde er einen Streich planen, sind noch immer so beeindruckend wie damals. Das Kinn ist etwas kantiger geworden und die Haare dafür kürzer. Er sieht gut aus.

»Das ist ja verrückt, Lynn! Wohnst du wieder hier?«

Jimmy ist eine der wenigen fröhlichen Erinnerungen, die ich noch mit Oceanside verbinde. So stehe ich auf und nehme ihn fest in den Arm. Er erwidert meine Umarmung, und kurz meine ich zu spüren, dass auch er an Simon denkt. Vielleicht bilde ich mir das alles nur ein, vielleicht auch nicht. Er drückt mich jedenfalls fest an sich und küsst mich auf die Wange.

»Nein, ich wohne in Boston, aber ich … besuche meine Eltern.«

Eigentlich besuche ich Simon. Als wir uns voneinander lösen, wirft er Jared einen kurzen Blick und ein Lächeln zu.

»Jimmy Boyd.«

Jared nimmt seine ausgestreckte Hand, aber er sieht nicht besonders begeistert aus.

»Jared Parker.«

»Jared wohnt auch in Boston, er hat mich hergefahren.«

Ich kann es selbst nicht sofort verstehen, woher eigentlich das Bedürfnis kommt, ihm zu erklären, dass ich mit einem anderen Mann hier bin. Aber Jimmy soll nicht denken, dass ich … wie auch immer. Jared scheint die ganze Situation unangenehm zu sein. Nicht so wie im *La Mer*. Anders. Intensiver. Jimmy sieht etwas ratlos zu mir und zuckt die Schultern.

»Ich bin bis nächste Woche bei meinen Eltern, bevor es wieder nach Kalifornien geht.«

»Du bist also wirklich an die Stanford University gegangen?«

Jimmy nickt und strahlt mich stolz an. Nein, kein Zweifel, er ist auf dem besten Weg, seinen großen Traum in Erfüllung gehen zu lassen.

»Stipendium und alles Drum und Dran. Es ist verrückt, anders, als ich es mir vorgestellt habe. Aber ich liebe es. Wie ist das Kensington?«

»Es ist … toll.«

Das ist es. Das könnte es sein.

»Lynn, weil du gerade hier bist, sollten wir mal wieder zusammen mit dem Boot raus. Was meinst du?«

»Ich weiß noch nicht, wie lang ich bleibe.«

»Hast du noch die gleiche Nummer?«

Bevor ich antworten kann, bemerke ich im Augenwinkel, wie Jared das Tablett mit dem Burger von sich schiebt und langsam aufsteht.

»Also dann, ich muss mal langsam los. Ist eine lange Fahrt nach Boston.«

»Aber …«

Er reicht Jimmy die Hand.

»War schön, dich kennenzulernen, Jimmy.«

Dann nickt er mir zu.

»Lynn.«

Etwas perplex nicke ich zurück und spüre, wie sich der Boden unter meinen Füßen urplötzlich wie Wackelpudding anfühlt. Jared will gehen? Dabei hat er seinen Burger noch nicht mal aufgegessen. Jimmy sieht ihm hinterher, und nur seine Anwesenheit hält mich davon ab, ihm sofort zu folgen.

»Dein Freund?«

Ich schüttle den Kopf.

»Ein Freund.«

»Nun, ich muss los. Meine Verlobte wartet.«

Jimmys Lächeln wird breiter, und das Leuchten in seinen

Augen verrät überdeutlich, dass er das gefunden hat, was uns beiden damals verwehrt geblieben ist: die große Liebe.

»Ich freue mich für dich, Jimmy. Irgendwann trinken wir mal einen Kaffee zusammen.«

Das werden wir nicht, und das weiß er. Jimmy gehört in mein altes Leben. Und das habe ich sorgfältig in emotionale Kartons gepackt und auf einem Speicher weit weggesperrt. Er lächelt trotzdem und drückt mich schnell an sich.

»Ich war heute bei Simon. Er fehlt mir auch.«

Es ist nur ein Flüstern, weil er nicht will, dass ihn jemand hören kann. Jimmy scheint der Einzige zu sein, der Simon ebenso wenig vergessen hat wie ich. Dafür bin ich ihm unendlich dankbar. Aber jetzt muss ich los. Zurück in mein neues Leben, wo die Erinnerungen an ihn oder Simon keinen Platz haben dürfen.

»Jared!«

Er will gerade in seinen Wagen einsteigen, als ich ihn erreiche.

»Was soll das?«

Er scheint tatsächlich zu überlegen, einfach wortlos in seinen Mustang zu klettern und mich hier am Straßenrand zurückzulassen. Dann schüttelt er den Kopf.

»Ich wollte euer … Wiedersehen … nicht stören.«

Seine Stimme klingt angespannt. Ungefähr so angespannt, wie sein Kiefer aussieht.

»Jimmy ist ein alter Freund.«

»Der mit Boot, huh?«

Obwohl Jimmys Familie auch ein Boot besitzt und er das

ein oder andere Mal vielleicht dabei gewesen ist, war es nicht er, an den ich gedacht habe. Ganz sicher nicht.

»Nein.«

»Lynn, ich habe gesehen, wie er dich angeschaut hat.«

Was passiert hier gerade? Ist Jared Parker tatsächlich eifersüchtig?

»Wir waren auf der Highschool mal ein Paar. Das ist Jahre her!«

»Er steht auf dich.«

»Er ist verlobt.«

Jared sieht mich etwas überrascht an, dann schaut er wieder zum Pier, als ob er dort die Bestätigung für das sucht, was ich gerade gesagt habe. Ich muss schmunzeln und verschränke die Arme vor der Brust.

»Und was, wenn er auf mich stehen würde?«

Der coole Jared, der immer eine Antwort hat und sich keine Schwäche gestattet, steht neben seinem Wagen wie ein Schuljunge, der nicht abgeholt wurde. Kurz tut er mir leid, aber diesen kleinen Triumph muss ich genießen, denn er wird sicher gleich wieder seine Schlagfertigkeit zurückgewinnen.

»Dann könnte ich ihm nur zu seinem hervorragenden Geschmack gratulieren.«

Sein Blick ist ehrlich, sein Lächeln erleichtert. Er lehnt sich auf das Autodach und sieht mich direkt an. Wenn er das tut, fühlt es sich an, als würde er eine Fernbedienung für meinen Herzschlag besitzen. Mit nur einem Lächeln, einem Blick, einer Geste beherrscht es Jared, mein Herz zu beschleunigen. Ich muss schlucken. Das ist kein gutes Zeichen.

»Wie sieht es aus, Lynn, zeigst du mir *dein* Oceanside?«

Nein. Das kann ich nicht. Ich sollte ihn fahren lassen. Je länger wir diesen Abend ausdehnen, desto später wird er losfahren. Vielleicht wird es zu spät, und dann lasse ich ihn nicht mehr weg. Das ist gefährlich und ... klingt so unglaublich verlockend.

»Unter einer Bedingung!«

Ich lehne mich ebenfalls auf das Autodach und sehe ihm direkt in die Augen. Wenn ich ihm in den kommenden Stunden wirklich meine kleine Welt zeigen soll, werde ich das nicht ohne eine Gegenleistung tun.

»Die da wäre?«

»Ich fahre.«

»Den Mustang?«

»Siehst du einen anderen Wagen?«

Mein Augenaufschlag ist gespielt unschuldig und verfehlt seine Wirkung nicht. Auch wenn ich meine weiblichen Reize selten einsetze, manchmal muss das sein. Einen solchen Ford Mustang zu fahren ist ein langgehegter Traum. Jared mustert mich prüfend, ich lege den Kopf schief und lächle. Mit einem Kopfschütteln kapituliert er, wühlt den Autoschlüssel aus der Hosentasche und reicht ihn mir über das Dach hinweg.

»Das bleibt eine Ausnahme. Damit das klar ist.«

»Jared, dieser ganze Tag bleibt eine Ausnahme.«

Kapitel 10

Es fühlt sich komisch an. Ruhig. Einsam. Obwohl ich nicht allein bin. Das Geräusch meiner Sohlen auf dem Untergrund, die feine Gänsehaut, als ich mich umsehe. Ich war ewig nicht mehr hier.

Ewig …

Die Dunkelheit verschluckt mehr als die Hälfte der Anlage. Obwohl ich so lang nicht mehr hier war, kann ich problemlos sagen, wo etwas hingehört. Nichts hat sich verändert in all den Jahren. Wieso ich Jared ausgerechnet hierherbringe, ihm diesen Ort zeigen will, das liegt auf der Hand. Aber ohne Erklärung wird er es nicht verstehen.

»Ziemlich groß.«

»Der ganze Stolz der Stadt.«

Wenn man vom Pier absieht, dann ist dieses Stadion so ziemlich alles, was Oceanside zu bieten hat. Wann immer hier Sportveranstaltungen stattfinden, trifft sich alles, was Rang und Namen hat, um die Sportler zu Bestleistungen anzufeuern. Oft haben sie hier meinen Namen gerufen, wenn ich als Erste über die Ziellinie gerannt bin.

»In Colby gibt es nur Football.«

Jared sieht sich beeindruckt um. Gut möglich, dass es das erste reine Track-and-Field-Stadion ist, das er besucht. Leider kann ich ihm keine ausverkaufte Arena präsentieren, aber in meinem Kopf höre ich das Jubeln der Menge und das schnelle Atmen der Konkurrenten, wenn ich an ihnen vorbeigezogen bin. Simon hat immer gesagt, ich wäre schneller gewesen als der Wind.

»Hier habe ich meine größten Triumphe gefeiert.«

Den Stolz in meiner Stimme habe ich eigentlich immer vermieden, aber jetzt drängelt er sich mit jedem Wort weiter in den Vordergrund.

»Ich war State Champion!«

Während ich das sage, mache ich einen kleinen Knicks und sehe die Überraschung in Jareds Gesicht.

»Du bist eine Sportskanone?«

»Sieht man das nicht?«

Er folgt meiner unausgesprochenen Einladung und nimmt meinen Körper etwas genauer unter die Lupe. Sein Blick streift meine Beine und zaubert ein angenehmes Kribbeln auf meine Haut, das stärker wird, je länger er mich in Augenschein nimmt. Himmel, als wäre es nicht schon heiß genug. Und das um diese Uhrzeit.

Auf dem Weg hierher habe ich irgendwo am Himmel einen Blitz gesehen. Wenn wir Glück haben, erreicht uns das Gewitter noch und sorgt für die ersehnte Abkühlung. Gerade jetzt könnte ich eine gebrauchen, denn so wie Jared mich ansieht, sein sanftes Lächeln, das er nicht verheimlichen kann – er macht mich fast wahnsinnig. Endlich treffen sich unsere Blicke wieder.

»Sehr beeindruckend …«

»Ich war schneller als jedes Mädchen im Staat. Sogar manche Jungs haben aufgegeben.«

»Jetzt übertreibst du.«

Kurz klopft es heftig in meiner Brust. Dann schießt es durch meine Adern. Ein vergessenes Gefühl. Das musste ich nicht mal unterdrücken oder wegschließen, es war einfach nicht mehr da. Ich hielt es für tot. Aber jetzt fühlt es sich viel zu lebendig an, als dass es gestorben sein könnte. Langsam drehe ich mich zu Jared, der neben mir auf der Tartanbahn steht und sich umsieht. Ihn nicht hinter der Theke zu sehen, sondern in einem Oceanside-T-Shirt und mit einem Lächeln, das er die ganze Fahrt über auf dem Gesicht getragen hat – dieses Bild gefällt mir ausgesprochen gut. Zu gut. So gut, dass ich übermütig werde. Ich trete einen Schritt auf ihn zu und verkürze den Abstand zwischen uns, der mit jeder Minute, die wir zusammen verbringen, kleiner geworden ist. Fast könnte ich ihn berühren, und ich brauche meine ganze Willenskraft, es nicht zu tun.

»Bis zum Ziel. Ich schlage dich.«

Er dreht sich zu mir und schaut mich an, als sich ein Lächeln auf seinen Lippen ausbreitet. Jareds spontanes Lächeln ist wunderschön. Es verzaubert und entführt meine Gedanken an Orte, die ich zu lang nicht mehr besucht habe. Wenn er mich weiterhin so anlächelt, kann ich für nichts mehr garantieren. Als ob man im Hochsommer mit einer Lupe die Sonne nutzt, um ein kleines Feuer zu entzünden. Jared entfacht das Feuer in meinem Unterleib, das früher oder später zu einem Flächenbrand wird, wenn ich nicht genau aufpasse. Auch ihm scheint unsere plötzliche Nähe bewusst zu sein, als er seinen Blick erneut über meinen Körper gleiten lässt. Wieder verfehlt er damit nicht sein Ziel. Im alltäglichen Leben müssen wir uns nicht ans Atmen erinnern, aber wenn Jared so dicht vor mir steht und ich die Wärme seines Körpers fast schon spüren kann, da fällt mir genau das unheimlich schwer. Er scheint seine Chancen abzuschätzen. Glaubt er wirklich, dass er gegen mich gewinnen kann? Ich bin zwar aus der Übung. Aber ich bin nicht *so* sehr aus der Übung. Wenn ich etwas beherrsche, dann ist es Rennen. Ich renne seit Simons Tod jeden Tag davon.

Jared macht den letzten Schritt auf mich zu. Das Kribbeln auf meiner Haut verlagert sich immer weiter nach innen, kriecht durch meinen Magen und versucht, mich zu verwirren. Sein Lächeln wird breiter, als er sich zu mir vorbeugt und unsere Lippen nur noch Zentimeter voneinander entfernt sind. Fast kann ich sie auf meinen spüren.

»Was ist, wenn ich gewinne?«

Mein Kopf dreht sich, meine Knie fühlen sich unnatürlich weich an, und ich unterdrücke den Impuls, ihn zu küssen, kämpfe gegen den Drang, ihn zu berühren.

»Das wirst du nicht.«

Übermut hat mich im Griff. Aber es ist mehr als das: die Gewissheit, etwas zu beherrschen – im Schlaf und auch nach einer Zeit der Abwesenheit. In diesem Stadion war ich ungeschlagen. Jared nickt.

»Bis zur Ziellinie.«

»Auf drei?«

»Drei!«

Und schon spurtet er los. Ich brauche eine Millisekunde, um zu verstehen, dass er sich einen Vorsprung stibitzt hat, aber dann setzen sich meine Füße in Bewegung. Ich spüre die Energie in meinen Beinen, höre die Menge jubeln, das frenetische Klatschen der Zuschauer, und schließe kurz die Augen. Erinnerungen, die man wegsperrt, mögen nicht mehr tagtäglich präsent sein, aber vergessen sind sie deswegen noch lange nicht. Ich höre Simons aufgeregte Stimme, sehe ihn fast vor mir, wie er an der Linie meinen Namen brüllt, mich nach vorn treibt. Jared ist nur noch wenige Meter vor mir, und, das muss ich ihm zugestehen, er ist ziemlich gut in Form. Aber obwohl er alles gibt, ziehe ich an ihm vorbei, überquere die Ziellinie vor ihm und reiße die Arme in die Luft! Mein Jubelschrei wird von der Nacht verschluckt, als ich langsam auslaufe und meinen Siegestanz aufführe. Es fühlt sich fast wie damals an. Jared bleibt einige Meter vor mir stehen und stützt seine Hände auf die Oberschenkel. Er ist ein wenig aus der Puste geraten, was mir ein Grinsen ins Gesicht zaubert. Das und die Tatsache, dass ich wieder mal gerannt bin. Nicht nur emotional, sondern hier. In diesem Stadion.

»Für einen alten Mann nicht schlecht gelaufen, Parker.«

Er hebt den Kopf und sieht mich schwer atmend an.

»Haha.«

Der erste Regentropfen trifft meine Haut, und schon prasseln große, dicke Tropfen auf unsere Köpfe. Die perfekte Abkühlung nach diesem Sprint. Ich lege den Kopf in den Nacken, schließe die Augen und lasse den Regen mein Gesicht benetzen. Jareds Hand greift nach meiner.

»Komm, lass uns hier verschwinden.«

Ich will noch nicht gehen. Ich will noch nicht zurück. Der Regen durchnässt mein T-Shirt, spült alte Erinnerungen weg und hinterlässt so etwas wie eine große Leere, in der ich nur Jareds Hand in meiner spüre. Wieso kann es nicht so bleiben? Wieso muss sich alles immer verändern? Ohne auch nur ein bisschen Rücksicht auf das Leben derer zu nehmen, die davon betroffen sind?

Als ich die Augen öffne, weiß ich nicht, ob es Tränen oder Regentropfen sind, die ich auf meiner Wange spüre. Jared sieht mich besorgt an.

»Lynn …«

Es wird passieren. Es ist so unaufhaltsam wie dieses Gewitter. Das Gefühlsbeben in meinem Inneren hat mich oft erschüttert, aber ich konnte die Kollateralschäden in Grenzen halten.

»Alles ist gut.«

Er will mich an sich ziehen, aber ich wehre mich.

»Nein! Nichts ist gut! Er war immer hier! Immer!«

Jetzt hinterlässt dieses Beben einen Riss, der sich früher oder später zum San-Andreas-Graben verbreitern wird.

»Bei jedem Rennen. Bei jedem Training.«

Meine Stimme zittert, und ich kann die Tränen nicht mehr zurückhalten, als Jared beide Arme um mich legt und mich trotz meines schwachen Protests an sich zieht.

»Er fehlt mir so schrecklich.«

Das darf nicht passieren, aber ich bin nicht mehr stark genug. Oceanside und Jared ringen mich zu Boden. Zum ersten Mal seit drei Jahren gebe ich auf. Lasse los. Und hoffe, dass der Fall nicht zu schmerzhaft enden wird. Doch obwohl ich auf den harten Aufprall warte – er kommt nicht. Schuld daran ist Jared Parker.

Wir sitzen unter der Tribüne im Stadion, während das Gewitter über unsere Köpfe fegt. Die Luft riecht mehr denn je nach Sommer, und die Nässe auf meiner Haut fühlt sich kühl an. Ich lehne in Jareds Umarmung und beruhige mich langsam wieder. So war das alles niemals geplant. Obwohl ich mich schämen sollte, dass Jared meinen Gefühlsausbruch miterlebt hat, fühlt es sich nicht so schlimm an, wie ich es erwartet hatte. Er streicht mir sanft über den Arm, ich spüre seine Brust an meiner und seinen Atem an meiner Wange. Er hat keine Fragen gestellt, mich nur hierher ins Trockene geführt und mich nicht losgelassen. Weil er spürt, dass ich diesen Halt brauche.

»Ich habe Simon schon vor der Junior High gekannt. Er war der Junge, mit dem keiner spielen wollte.«

Die Erinnerung an ihn, wie er seine gestreifte Latzhose trug, lässt mich kurz lächeln. Die frechen Locken, die große Zahnlücke. Ja, er kam aus dem miesen Viertel von Oceanside. Aus dem Viertel, in dem Dave noch immer wohnt und das die Stadt gern verschweigt, weil es Touristen abschrecken könnte, als wäre es ein Ghetto. Dabei sind dort nur die Häuser kleiner, und die Autos sind Gebrauchtwagen.

»Meine Mom fand ihn schrecklich. Aber ich habe ihn sofort gemocht.«

»Er war dein bester Freund.«

Ich nicke langsam. Es schmerzt, die Vergangenheitsform für unsere Geschichte wählen zu müssen.

»Wenn andere gelacht haben, hat Simon an mich geglaubt. Ich wusste, ich könnte alles schaffen, solange er da war.«

Kurz schaue ich zu Jared, aus Angst, er könnte das falsch verstehen. Sein Blick ist traurig und ehrlich berührt. Ich spreche nicht mehr über Simon. Vielleicht sind meine Worte nicht die richtigen, um den Menschen zu beschreiben, der mein bester Freund war – und der ein Loch in mein Leben gerissen hat.

»Was ist dann passiert?«

Er stellt die Frage flüsternd, weil er mich nicht drängen will. Die ganze Geschichte, die Wahrheit, kennt niemand außer mir. Ich habe mir geschworen, sie niemals zu erzählen, auch wenn sich hier und jetzt alles perfekt anfühlt. Jared ist der Zuhörer, den ich mir immer gewünscht habe. Einmal alles aussprechen zu können, es nicht mehr Tag für Tag mit mir herumtragen zu müssen. Fast hätte ich für dieses Anliegen vor einiger Zeit den falschen Menschen gewählt. Trevor, der so hartnäckig war, der immer wieder nachgefragt hat, weil Sarah ihm erzählt hat, etwas würde mit mir nicht stimmen. Er sprach von einem Geheimnis, das es zu lüften galt. Simon ist mein Geheimnis – und Trevor ist nicht der Mensch, mit dem ich es teilen möchte. Jared scheint meine Gedanken lesen zu können.

»Hör zu, du musst es mir nicht erzählen …«

»Ich dachte, ich würde es nie aussprechen. Weil niemand es verstehen kann.«

Er legt sanft seine Hand an meine Wange.

»Ich bin nicht …«

Dann verstummt er und sieht kurz auf meine Lippen. Er ist nicht … was? Wieso hat er sich unterbrochen?

»… wie die anderen?«

»Ich bin ganz gut darin, ein Geheimnis zu bewahren.«

Sein Blick wandert zurück zu meinen Augen, und er versucht ein Lächeln, das müde wirkt. Der Tag ist auch an ihm nicht spurlos vorbeigegangen. Was, wenn ich ihm alles erzähle? Was wird dann aus uns in Boston? Was würde es alles verändern?

»Es ist nur … ich habe das noch nie jemandem erzählt. Nie.«

Nicht einmal Dave. Vor allem nicht Dave. Er hat nie gefragt, weil er es nicht wissen will. Weil er weiß, wenn ich es ihm erzähle, bricht sein Herz endgültig. Inzwischen hat er seine eigene Version über den Tod seines Sohnes für sich gefunden, und die werde ich ihm nicht nehmen. So, wie niemand mir meine Version nehmen kann.

»Wenn du irgendwann mal so weit bist. Ich bin da.«

Aber vielleicht kann Jared mir ein Stück der Last abnehmen? Es ist der Blick in seinen Augen. Was ich dort sehe, erkenne ich selbst jeden Tag, wenn ich in den Spiegel sehe ... Die Armykette, die er immer trägt. Wie eine Erinnerung. Wir sind beide kaputt. An unterschiedlichen Stellen zerbrochen – und vielleicht ergeben wir gemeinsam ein Ganzes. Ich hole tief Luft.

»Wir waren bei den Gleisen. So wie immer. Wir sind Wettrennen mit den Zügen gelaufen. Aber irgendwann war uns das nicht mehr genug, und wir haben eine neue Herausforderung gesucht. Schneller, höher, weiter.«

Jareds Augen lassen mich keinen Moment los, als wollte er mir, zusätzlich zu seiner Umarmung, auch noch diese Art der Sicherheit geben.

»Irgendwann haben wir angefangen, den Zügen auszuweichen. Wir haben uns auf die Gleise gestellt und geschaut, wer länger stehen bleibt. Es ist total idiotisch gewesen. Aber wir sind kein Risiko eingegangen. Zehn Meter, dann hatten wir die Hose voll und waren weg.«

Das stimmt. Wir sind nie so verrückt gewesen und haben den Zug auch nur ansatzweise zu nah an uns herangelassen. Es war einfach die billigste Version von Nervenkitzel, die wir kriegen konnten. Oceanside mit seinem Pier und der Promenade, den Jachten im Hafen und dem Feuerwerk zum 4. Juli ... das alles wurde uns zu eng.

»Simon wollte zum Pier, aber ich fand das langweilig. Ein letztes Mal Zugausweichen. Nur noch ein einziges Mal. Simon wollte als Erster ...«

Niemals werde ich diesen Tag vergessen. Manchmal träume ich davon und verändere im Traum die Geschehnisse, lasse mich auf den Abstecher zum Pier ein oder versuche, vor dem Zug aufzuwachen. Aber jedes Mal, wenn ich aufwache, ist alles wie immer. Simon ist nicht da. Ich bin allein.

»Er hatte so viel Zeit. Der Zug war weit weg ... wir haben gelacht und dann, als es Zeit wurde ... ging es nicht.«

Simons Gesicht, als die Panik von ihm Besitz ergriffen hat, als ihm klarwurde, diesmal wird alles anders. Seine Augen ...

»Er steckte mit dem Stiefel fest. Zwischen den Gleisen.«

Ich sehe alles wieder vor mir: Simons Schnürstiefel. Mein Versuch, den verdammten Knoten zu lösen. Meine Hände haben gezittert. Simons Flehen, das Weinen, die Angst. Seine und meine. Wie stemmt man sich gegen das Unaufhaltsame? Seine Stimme ist so laut in meinem Kopf, als wäre er jetzt hier. Wie er meinen Namen ruft ...

Meine Augen brennen, bevor die erste Träne über meine Wange rollt und Jareds Arm sich fester um mich legt.

»Ich habe den Knoten nicht aufgekriegt.«

Das ist die Wahrheit. Simon ist vom Zug erwischt worden, weil sein Fuß zwischen den Gleisen gesteckt hat. Und weil ich zu schwach war.

»Lynn, das ist nicht deine Schuld.«

»Er hat mich weggestoßen. Einfach so.«

Sein Blick, seine Bitte, ich solle gehen, weil er das verstand, was ich nicht akzeptieren wollte: An diesem Tag, auf diesen Gleisen, wegen unserer dummen Mutprobe … war unsere Freundschaft zu Ende. Nicht, weil wir es so gewollt oder geplant hatten, sondern weil das Schicksal zugeschlagen hat.

»Er hat mich weggestoßen. Ich konnte den Knoten nicht aufmachen …«

Jareds Gesicht verschwimmt vor meinen Augen, und ich fange an, hemmungslos zu weinen. So habe ich nicht mal auf Simons Beerdigung geweint, weil ich damals noch immer geglaubt habe, er würde eines Tages wieder vor meiner Tür stehen. Mich abholen, mit mir zusammen all unsere Träume erfüllen. Jetzt sind die Jahre vergangen – und das Loch in meinem Inneren klafft noch so frisch wie an diesem Tag auf den Gleisen. Ich klammere mich an Jared, vergrabe mein Gesicht an seiner Brust und bin doch trotz des Schmerzes der Erinnerung so unglaublich froh, es endlich ausgesprochen zu haben. Während ich wie ein Kind weine, hält Jared mich und streichelt mir beruhigend über den Rücken. Als ich mich ein wenig beruhigt habe, bringe ich etwas Abstand zwischen uns und lasse mich von seinem Blick trösten. Er legt seine Hand an meine Wange und streicht mit dem Daumen die Tränen von meinem Gesicht.

»Manchmal tun Menschen, die uns sehr lieben, Dinge, die wir nicht verstehen können.«

Er flüstert es nur, aber es sind genau *die* Worte, die ich all die Jahre hören wollte. Die Simons Tod vielleicht nicht erklären und den Schmerz nicht wegnehmen können, die aber dennoch wahr sind. Langsam greift Jared unter sein T-Shirt und zieht die Kette hervor, ohne die ich ihn noch nie gesehen habe.

»Die gehört meinem großen Bruder. Jason.«

Er sieht mich an, als würde das alles erklären. Sein Blick spiegelt das, was ich fühle. Was ich immer fühle, wenn ich hier bin. Das ist erschreckend und beruhigend. Nie habe ich mir die Kette mit den winzigen, eingestanzten Buchstaben und Zahlen so genau angesehen. Vielleicht, weil er mich nie so nah an sich herangelassen hat. Jetzt greife ich danach und sehe sie mir genauer an. Da steht Jasons Name. Seine Sozialversicherungsnummer, die Blutgruppe und seine Religion. Nicht mehr. Nicht weniger. Wo er jetzt ist, will ich nicht fragen. Es wird einen Grund geben, wieso diese Kette um Jareds Hals hängt. Mein Herz krampft sich zusammen. Ziehen wir uns deswegen wie Magneten an? Weil uns das Gefühl verbindet, einen Menschen verloren zu haben? In Jareds Augen erkenne ich meinen Schmerz. Das ist es. Ich lege meine Arme um seinen Hals und nehme ihn fest in den Arm. So bleiben wir noch eine kleine Weile unter der Tribüne des Stadions sitzen. Einfach nur so.

Kapitel 11

Ich öffne die Tür und sehe zu Jared, der etwas unsicher hinter mir steht. Natürlich ist es mir jetzt peinlich. Ich schäme mich, weil ich zusammengebrochen bin. Vor ihm. Vor irgendjemandem. Auf der Fahrt zum Haus meiner Eltern haben wir kein Wort gewechselt, und jetzt weiß ich nicht so recht, wie ich mit ihm oder uns umgehen soll. Es ist spät. Verdammt spät. Ich kann ihn nicht nach Boston fahren lassen. Nicht um diese Uhrzeit. Nicht so durchnässt, wie wir sind.

»Komm schon rein, es beißt keiner.«

Die Leichtigkeit ist verloren. Genau das hatte ich befürchtet, aber er folgt mir ins Innere. Wieder sieht er sich einen Moment lang unsicher um. Denn ich glaube, genau das ist der Zweck meines »Zuhauses«. Meine Eltern wollen damit nur zeigen, dass sie Geld haben. Wir nutzen nur wenige Zimmer hier, deshalb bin ich der festen Überzeugung, ein kleineres Haus hätte es auch getan. Allein die weißen Säulen am Eingang erinnern eher an eine Südstaaten-Saga als an ein liebevolles Familienhaus.

»Ich sollte langsam los.«

»Unsinn. Das Haus ist riesig, meine Eltern sind in New York. Ich finde, nachdem ich dir den Abend vermasselt habe, kann ich dir zumindest trockene Klamotten anbieten.«

Mein Vater müsste ungefähr seine Größe haben, obwohl sich die Vorstellung von Jared, der ein Polohemd meines Dads trägt, ziemlich komisch anfühlt. Jared zögert noch immer, gibt aber schließlich nach, und ich kann die Tür hinter uns schließen.

»Miss Lynn? Da sind Sie ja.«

Jane, unser Hausmädchen, biegt um die Ecke in den Flur – und bleibt wie angewurzelt stehen, als sie Jared und mich in unseren durchnässten Klamotten sieht. Ihr Blick huscht von mir zu Jared und schließlich wieder zurück zu mir.

»Ähm … Ihre … Mutter hat gesagt …«

Sie sieht wieder zu Jared, der sie offenbar aus dem Konzept bringt.

»Ja?«

»Ähm … es ist noch Roastbeef im Kühlschrank.«

Ich nicke und greife nach Jareds Hand. Das hier fühlt sich auch ohne Janes große Augen, die ihn genau mustern, eigenartig genug an.

»Danke, Jane, ich brauche Sie heute nicht mehr.«

»Sie meinen …«

»Sie können ruhig Feierabend machen. Danke.«

Der Nachdruck in meiner Stimme sollte wirklich unmissverständlich sein. Obwohl sie damit nicht so ganz einverstanden ist, nickt sie schließlich.

»Also gut. Ich wünsche Ihnen noch eine gute Nacht.«

Ihr Blick trifft mich mit einer unterschwelligen Warnung. Sicher, Jared mag für sie ein Fremder sein, und ganz ehrlich gesagt, ist er das auch für mich, aber sie muss sich keine Sorgen machen. Schnell werfe ich ihr ein fröhliches Lächeln zu.

»Wir sehen uns morgen beim Frühstück, Jane.«

Und dann ziehe ich Jared mit mir über den Flur, die Treppe nach oben in Richtung des großen Gästebadezimmers. Jared gerät in jedem Zimmer mehr ins Staunen; die Größe und Einrichtung des Badezimmers scheint ihn zu überwältigen.

»Wow. So eine Ausstattung kenne ich nur aus Katalogen.«

Es klingt nicht wie ein Kompliment, ganz im Gegenteil.

»Jared – das alles hier, das sind meine Eltern. Das bin nicht ich. Ich habe die meiste Zeit meiner Jugend bei Simon zu Hause verbracht. Und glaub mir, er wohnt ganz anders.«

Es soll nicht wie eine Verteidigung klingen, aber in diesen vier Wänden habe ich zu oft erklären müssen, wieso ich dieses und jenes gemacht habe. Nie musste ich dieses Haus verteidigen, immer nur das von Simon. Wie sich die Dinge doch ändern.

»Entschuldige. Das alles ist nur ziemlich …«

Er sieht sich im Badezimmer um und zuckt die Schultern. Das ist die Reaktion, die sich mein Vater beim Einrichten der Zimmer erhofft hat: die Sprachlosigkeit der Gäste.

»Shampoo und Duschgel stehen da drüben.«

Mit der Hand deute ich auf die große Regenfalldusche hinter uns, die mein Vater vor einigen Jahren hat einbauen lassen, weil es angeblich modern wäre. Benutzt hat sie noch niemand, wie ich glaube. Wie sooft geht es auch bei dieser Einrichtung nur darum, etwas zu haben, das andere nicht haben.

»Danke.«

Ich nicke und lasse meinen Blick noch einmal über Jareds T-Shirt wandern, das vom Regen durchnässt an seiner Haut klebt, bevor ich mich zusammenreiße.

»Bis gleich.«

Ich muss so schnell wie möglich das Badezimmer verlassen, weil sein Anblick aus meinem Kopf ein Hurrikangebiet macht. Wie nah stehen wir uns seit der Unterhaltung unter der Tribüne im Stadion wirklich? Jared greift nach meinem Arm und zieht mich ein Stück an sich heran.

»Lynn, wegen vorhin ...«

Etwas in seinem Blick lässt meinen Magen kurz verkrampfen. Ich habe es gewusst, und ich habe mich davor gefürchtet, weil es all das zeigt, was ich mir nach Simons Tod hier in Oceanside ansehen durfte: Mitleid. Doch nicht von ihm. Bitte nicht von ihm.

»Spar dir dein Mitleid, Jared! Ich brauche das nicht!«

Er lässt mich noch immer nicht los, und ich wehre mich auch nicht mehr. Seitdem wir in Oceanside angekommen sind, benötige ich viel Kraft, um mich gegen dieses Gefühl zu wehren. Fast glaube ich, wenn wir uns einfach küssen würden, könnte ich danach vermutlich klarer denken.

»Verwechsle Mitgefühl nicht mit Mitleid, Lynn.«

Damit lässt er mich los,und ich stehe wie erstarrt vor ihm. *Mitgefühl.* Er greift nach seinem T-Shirt, um es sich mit einer Bewegung über den Kopf zu ziehen. Ich sollte gehen. Das T-Shirt holen. Nebenan. Aber ich kann nicht. Ich starre noch immer auf Jareds muskulösen Rücken, betrachte jeden Zentimeter seiner Haut, die sich öfter, als ich zugeben will, in meine Träume geschlichen hat. Wenn ich meine Hand ausstrecke, könnte ich sie berühren.

Und doch stehe ich erstarrt da, schaue zu, wie Jared den Gürtel seiner Jeans öffnet und mir einen Blick über die Schulter zuwirft. Ich sollte wirklich gehen, bevor diese Situation noch peinlich für mich wird.

»Ich … gehe …«

Langsam gehe ich rückwärts und kann dabei nicht verhindern, seinen Oberkörper weiter genau in Augenschein zu nehmen. Ich pralle mit der Hüfte gegen die Kommode hinter mir. Jareds Lippen verziehen sich zu einem frechen Grinsen, als er sich zu mir umdreht.

»Alles okay?«

Er will einen Schritt auf mich zu machen, aber ich hebe schnell abwehrend beide Hände.

»Nein! Ja. Alles in Ordnung. Danke.«

Mein Blick wandert von seinem Gesicht über sein Kinn, den Hals entlang bis zu seinem Schlüsselbein. Sicher, meine Phantasie hat sich ausreichend mit Jareds Oberkörper beschäftigt, aber ihn jetzt in seiner vollen Pracht und befreit von jeglicher Kleidung zu sehen raubt mir einen Moment den Atem. Mein Blick streift über seine Haut, die sich über seine Brustmuskeln spannt, den trainierten Bauch, und stoppt nur mit viel Mühe am Bund seiner Boxershorts, wo er gerade eben den Gürtel geöffnet hat. Auch wenn mein Blick wieder zurück zu seinem Gesicht wandert, bleiben meine Gedanken südlich des Gürtels hängen. Meine Wangen glühen, und ohne Zweifel haben mir meine phantasievollen Ausführungen über das, was ich noch nicht sehen kann, eine gesunde Farbe ins Gesicht gemalt. Schnell öffne ich die Tür und verlasse das Badezimmer, bevor etwas passiert, was ich nicht mehr aufhalten kann. Hastig eile ich über den Flur in mein Zimmer und schlage die Tür etwas zu heftig hinter mir zu. Das war verdammt knapp. Vor allem aber muss ich mich jetzt ablenken, meine Gedanken mit etwas anderem beschäftigen als mit Jareds Haut, seinen Bauchmuskeln, dem offenen

Gürtel … *Nein, Lynn!* Natürlich ist er verlockend, und sein Körper würde bei jeder Frau zu einigen gedanklichen Aussetzern führen, aber das darf jetzt nicht passieren.

In meinem Badezimmer, das wesentlich kleiner als das der Gäste ist, ziehe ich mich schnell aus und will gerade die Dusche aufdrehen, als mein Blick auf den sorgfältig gefalteten Stapel mit Handtüchern fällt. Handtücher! Ich habe Jared keine Handtücher gegeben. Ist das ein Problem? Suche ich nicht nur eine Ausrede, um wieder zu ihm zu gehen? Um das zu tun, womit sich meine Phantasie schon viel zu ausführlich beschäftigt hat? Ausreden sehen mir eigentlich nicht ähnlich, aber das Risiko, ihn nackt auf dem Flur anzutreffen, ist viel zu groß. Ich muss ihm die Handtücher bringen, ich muss das jetzt machen, ich habe gar keine andere Wahl. Überzeugt von dem ganzen Unsinn, wickle ich mir ein Handtuch um den Körper und schnappe mir zwei frische weiße Frotteehandtücher, um sie Jared ins Bad zu legen. Und nicht, um noch einen Blick auf seinen nackten Körper zu werfen. Ganz sicher nicht. Doch das Brennen in meinem Körper kann ich nicht abstreiten, als ich an die Tür des Gästebads klopfe. Ich höre das Wasser der Dusche laufen. Er wird mich nicht hören können. Mit zittriger Hand schiebe ich die Tür auf.

Jared steht unter der Dusche, das Wasser läuft über seinen Rücken. Mein Blick bleibt an den vielen Wasserperlen hängen, die sich tanzend einen Weg über seine Haut suchen. Mein Herz hämmert gegen meine Rippen, das Atmen fällt mir schwer, und vor meinem inneren Auge tanzen kleine Lichter. Noch nie war ein nackter Rücken erotischer als in diesem Moment. Ich halte die Handtücher fest an mich gedrückt und wage einen Schritt ins Bad, um sie neben das

Waschbecken zu legen. Dabei kann ich meinen Blick nicht von Jared abwenden und stolpere gegen seine Schuhe.

Überrascht dreht er sich zu mir um.

Ich will etwas sagen, aber bekomme keinen Ton heraus. Alles ist still. Bis auf das Knistern zwischen uns und das Prasseln des Wassers. Ich spüre meinen Puls überall. Unsere Blicke halten sich aneinander fest, während ich den viel zu lockeren Knoten meines Handtuchs umklammere. Ein Teil in mir will gehen, weil der letzte Moment dafür gleich verstrichen sein wird. Gleich wird es kein Zurück mehr geben. Mein rasender Herzschlag lässt meine Brüste vibrieren. Ich spüre, wie meine Brustwarzen gegen den Frotteestoff reiben und sich langsam zusammenziehen, während die Gänsehaut sich auf meinen Beinen ausbreitet. Er ist nackt. Splitterfasernackt. Mein Blick löst sich von seinem und wandert von Jareds Gesicht über sein Kinn, den Hals entlang bis zu seinem Schlüsselbein. Obwohl sich meine Phantasie ausgiebig mit Jareds Körper beschäftigt hat, macht es mich geradezu fertig, ihn jetzt so zu sehen. Die Hitze zieht sich aus meinen Armen und Beinen tief in meinen Unterleib und hinterlässt ein seltsam kaltes Gefühl. Mein Blick streift über seine Haut, die sich über seine Brustmuskeln spannt, über die Kette, die er sogar jetzt noch trägt, den trainierten Bauch und folgt der dunklen Linie aus Haaren. Ich schlucke hart. Auch wenn mein Blick wieder zurück zu seinem Gesicht schnellt, bleiben meine Gedanken abgelenkt. Meine Wangen glühen, und meine Finger zittern. Jareds Blick durchdringt mich, das Blau seiner Augen brennt auf meinem Körper. Seine Gedanken blitzen mir entgegen. Irgendwo da draußen ertönt ein Donnerschlag. Und während sich draußen das Gewitter entlädt, hält mich ein unsichtbares Band davon ab, wieder zu gehen. Die Funken sprühen in meinem Kopf und meinem Bauch. Ohne mich aus den Augen zu lassen, macht er einen Schritt auf mich zu, streckt mir die rechte Hand entgegen und wartet. Er hat mich. Er hat mich seit dem Moment auf den Gleisen. Das Wasser läuft seinen Körper hinunter, über seinen Bauch. Ich versuche, ruhig zu atmen, aber das Adrenalin lässt es nicht zu. Einzelne Tropfen sammeln sich in seinen Wimpern und laufen über seine Wangen. Er wischt sich die nassen Haare mit der linken Hand aus der Stirn. Wenn ich das jetzt tue, werde ich mich in ihm verlieren. Ich werde fallen. Und es ist mir egal. Langsam lege ich meine Hand in seine und lasse es zu, dass er mich sanft an sich zieht. Er legt seine Hand auf meine, die sich noch immer verzweifelt an den Knoten vor meiner Brust festklammert – dann lasse ich los. Mit dem Handtuch fällt der letzte Zweifel. Ich sehe Jared tief in die Augen. Ich sinke in das Blau, das mich verführerisch anfunkelt, und vertraue darauf, dass er mich auffangen wird. Ich schlinge meine Arme um seinen Nacken und ziehe mich an ihm hoch. Jared legt seine Arme um meine Hüfte. Ich spüre die Wärme seiner Haut, spüre seinen Herzschlag und die Gänsehaut auf meinem Körper, die sich wie ein Feuer ausbreitet. Die Wassertropfen, die sich zwischen unseren Körpern verteilen. Seine Lippen sind nass, die Bartstoppeln reiben an meinem Kinn. Als seine Zunge meine Lippen teilt, taumeln wir einen Schritt rückwärts. Unzählige Wassertropfen prasseln auf meine Haut, als würden sie versuchen, das Feuer zu löschen, das in mir brennt. Sie fallen auf meine Augenlider, meine Wangen, während er an meinen Lippen saugt und mich fest an sich zieht. Er ist mir so nah wie noch keiner vor ihm. Und damit meine ich nicht körperlich. Das hier ist anders. Seine Hände, die meinen Körper erforschen, so, als würden sie genau wissen, was ich will. Nicht zu zärtlich, aber auch nicht grob. Ich spüre, wie sehr er mich will, dass ich dieselbe Wirkung auf ihn habe wie er auf mich. Sein schneller Atem verrät es. Und die Art, wie er mich küsst. Und seine Härte, die zwischen uns pulsiert. Er schiebt mich ein Stück von sich weg, gerade weit genug, um mit der Hand zwischen unsere Körper greifen zu können. Während er mich weiter küsst, gleitet er meinen Bauch hinunter. Als er mit dem Finger in mich eindringt, seufze ich laut auf. Mein Körper spannt sich an, und ich öffne die Augen. Der Blick, der mich trifft, ist genau so sexy wie das Raunen, der angespannte Ausdruck in seinem Gesicht. Sein Körper steht unter Strom. Während er die Finger in mir bewegt, spüre ich das Kribbeln, das sich seinen Weg durch meine Adern bahnt. Es lässt mich schwer atmen. Ich presse mein Becken gegen seine Hand und lasse mich fallen. In seinen Armen. In diesem Moment. Und Jared hält mich. Seine Arme spannen sich an, sein Atem trifft meine nasse Haut. In meinem Kopf ist nur noch Raum für dieses Gefühl. Dieses Beben in meinem Körper, das mich erfasst und mich besitzt. Meine Muskeln zucken, Wasser prasselt in mein Gesicht. Ich atme schwer, winde mich. In diesem Augenblick existiert die Welt nicht mehr. Es gibt nur diesen Moment. Und dieses Gefühl. Seine Hände, die Wärme seiner Haut. Seine Zunge an meinem Hals. Seine Lippen. Ich klammere mich an ihm fest, ziehe mich an ihm hoch. Jeden Augenblick. Die Explosion wartet. Und mit einer letzten Bewegung seiner Finger atme ich unvermittelt scharf ein und erstarre in seinen Armen.

Als ich die Augen öffne, sehe ich ihn lächeln.

»Schlaf mit mir ...«

Meine Stimme reicht nur für ein Flüstern. Ich bin außer Atem. In seinen Augen finde ich einen Blick, der mir eisig über den Rücken läuft. Ich spüre das Pulsieren an meinem Bauch. Jared zieht mich hoch, und ich schlinge meine Beine um seine Hüfte. Seine Hände halten mich, während wir den Flur entlangtaumeln.

»Warte ...«

Er lässt mich runter und sieht mich an.

»Was?«

Ich verschwinde in meinem Zimmer, ziehe hastig eine Schublade meiner Kommode auf und greife nach drei Kondomen. Als ich in den Flur zurückkomme, grinst er mich an. Seine Augen sagen schamlos: *Gleich drei Stück!?* Aber bevor ich etwas sagen kann, zieht er mich wieder fest an sich und trägt mich ins Gästezimmer.

Sein Körper spannt sich an, während ich meine Hand auf und ab bewege. Ich betrachte Jared. Wie die Schlagader an seinem Hals vibriert. Höre ihn schwer atmen und genieße jeden Augenblick. Ich spüre die weiche Bettwäsche auf meiner Haut und seine Hände, die sich an mir festhalten. Ich spüre die Feuchtigkeit zwischen meinen Beinen, das Pochen in meinem Bauch, höre mich schwer atmen. Unser Keuchen übertönt das Geräusch der Regentropfen, die wütend gegen die Scheiben prasseln.

Jared legt seine Hand auf meine, ringt nach Luft. Seine Augen brennen. Er setzt sich auf und drückt mich in die Laken. Seine Zunge findet meine Brustwarzen, während ich das Aufreißen einer Hülle höre. Er kniet sich zwischen meine

Beine, und meine Augen folgen dem Abrollen des Kondoms. Jared tastet sich zu mir, schiebt sich zwischen meine gespreizten Schenkel. Mein Herz droht zu explodieren, ich zittere und schlucke.

Während er in mich eindringt, sehen wir einander an. Mein Körper schmiegt sich um seinen. Es ist unwirklich. Unsere Körper sind angespannt, wir atmen flach. Als er anfängt, sich zu bewegen, zieht sich alles in mir zusammen. Ich schließe die Augen. Seine Lippen finden meine, sein Atem trifft auf meine Haut. Er bewegt sich immer schneller. Er hält mich an der Hüfte und stützt sich neben meinem Kopf ab. Jared in mir fühlt sich unbeschreiblich an. Etwas in mir bäumt sich auf, das Kribbeln kriecht durch meinen Körper. Ich höre mich lauter atmen und Jareds Raunen, das mir bis in die Knochen bebt.

»O Gott, Lynn ...«

Und wieder ist es dieses harte Flüstern, das mich alles vergessen lässt. Mein Kopf kapituliert. Jared schiebt sich ein letztes Mal ganz tief in mich, und ich explodiere unter ihm.

»Wieso kein Sportstipendium?«

Jared flüstert die Frage gegen meinen Nacken. Wir liegen im Bett, mein Rücken ist an seine Brust gepresst, seine Arme sind um meine Hüfte geschlungen. Inzwischen sind alle Schranken gefallen, und ich beantworte seine Fragen mit absoluter Ehrlichkeit. Dabei scheine ich mich nicht nur mehr und mehr zu öffnen, ich spüre auch die Befreiung von einem großen Ballast. Eine Bürde, die mich all die Jahre immer weiter zu Boden gedrückt hatte und die sich nun, Stück für Stück, in Luft auflöst.

»Ich habe mit dem Sport aufgehört. Nach Simons Tod.«

Bis zur gestrigen Nacht war ich in keinem Stadion mehr gewesen, habe keinen Fuß mehr auf eine Laufbahn gesetzt – und wäre auch sicher nicht mehr gelaufen. Gestern war das große Comeback. Das letzte Comeback?

»Verstehe.«

Er küsst meinen Nacken, und ich schließe kurz die Augen. In wenigen Stunden müssen wir zurück nach Boston. Zurück in die Welt, in der ich eine andere Lynn geworden bin. Was uns dort erwarten wird, weiß ich nicht, und das macht mir etwas Angst. Dort dürfen die Leute nicht zu viel über mich erfahren. Außerdem …

»Das Kensington hat keine Laufmannschaft, dort muss ich keine Ausreden erfinden.«

»Fehlt es dir?«

Eine berechtigte Frage. An manchen Tagen fehlt es mir tatsächlich. Nicht das Laufen an sich, sondern das Gefühl von damals. Schneller als der Wind zu sein … rennen, ohne über die Ziellinie nachdenken zu müssen. Einfach nur rennen. Das haben Simon und ich gern gemacht. Jared scheint zu spüren, dass ich wieder in Erinnerungen versinke. Er greift nach meiner Hand.

»Lynn, das mit Simon tut mir schrecklich leid. Ich hätte ihn gern kennengelernt.«

Ich drehe mich in seinen Armen, um ihn ansehen zu können. Ein trauriges Lächeln auf seinen Lippen empfängt mich, als er mich enger an sich zieht.

»Aber du musst aufhören, mit diesem Schmerz zu leben. Das wird dich kaputt machen.«

»Das weiß ich!«

Ich habe es nur noch nicht geschafft, dieses Wissen auf meinen Alltag anzuwenden. Was mich am meisten überrascht, ist die Sorge in seiner Stimme. Die Art, wie er mich an sich zieht, als wolle er mich vor all diesen Gedanken beschützen. Ich weiß, dass Jared mich zu verstehen versucht, aber er kann nicht wissen, wie es ist.

»Er hätte das auch alles verdient. So sehr.«

Tränen wollen in meine Augen steigen, aber Jared schüttelt sanft den Kopf und küsst schnell meine Lippen, als könne er mir den Schmerz der Erinnerung nehmen. Und fast gelingt es ihm. Bevor die Tränen gewinnen, presse ich mein Gesicht schnell an Jareds Hals. Ich weiß, dass es keinen Ort gibt, an dem ich mich jemals sicherer gefühlt habe. Seine Hand streichelt meinen Rücken, und ich spüre dieses Gefühl in meinem Inneren, das sich ausbreitet und nicht aufzuhalten ist. Es ist ein Gefühl, dass mir mal sehr vertraut war und das ich dann verloren habe. Jetzt ist es wieder da. In den vergangenen Jahren hat es manchmal versucht, mich einzunehmen, mich zu überwältigen, aber bis jetzt habe ich dem nie nachgegeben. Jetzt spüre ich es aber viel zu deutlich, als dass ich es verleugnen könnte. Ich verliebe mich gerade. Hals über Kopf, Herz über Verstand. Einfach so.

»Jared, erzähl mir mehr über dich.«

Seine Umarmung wird etwas fester, als er nachzudenken scheint. Ich will alles über ihn wissen, jedes Detail, alle Facetten, die er zu bieten hat.

»Meine Mom ist recht früh gestorben. Dann waren es nur noch Pa, Jason und ich ...«

Jason ... Meine Hand greift automatisch nach der Hundemarke, die er noch immer nicht abgenommen hat.

»Dein Bruder.«

Ich drehe einen der beiden Anhänger in meiner Hand und lese nun in Ruhe den vollen Namen: »Jason Christopher Parker«. Ich bringe etwas Abstand zwischen uns und sehe Jared fragend an. In seinem Gesicht erkenne ich den Anflug von Schuld, in seinen Augen spiegelt sich ein mir bekannter Ausdruck wider: Reue.

»Jason war ein erstklassiger Soldat. Keiner von denen, die nur Befehle ausführen konnten. Schon auf der Militärakademie in West Point sagten sie ihm, dass er eine große Karriere vor sich hat. Wenn er keinen Unsinn macht.«

Seine Stimme verrät Gefühle, die er zu lang in seinem Inneren verborgen gehalten hat. Mir fallen die vielen Seitenhiebe zum Thema »Soldat« wieder ein, die Trevor an so manchem Abend in betrunkenem Zustand von sich gegeben hat. Bemerkungen, die Jared immer wütend gemacht haben. Sein wunder Punkt. Sein Bruder.

»Er fehlt mir.«

Bevor ich in seinen Augen lesen kann, wie sehr ihm sein Bruder fehlt, schließt er sie und dreht den Kopf von mir weg, was ich nicht zulassen werde. Jetzt weiß ich, weswegen ich mich immer zu ihm hingezogen fühlte. Es ist der Schmerz, der uns verbindet. Wir beide müssen eine Lücke in unseren Leben füllen, die nicht mehr verschwindet. Jemanden vermissen ist ein starkes Gefühl, es raubt Kraft.

»Wann ist er gestorben?«

Meine Stimme ist nur ein Flüstern, aber Jared schüttelt den Kopf.

»Er ist nicht gestorben. Er ist einfach nur nicht mehr … da.«

Das verstehe ich nicht – aber Jareds Körperhaltung macht nur zu deutlich klar, dass er noch nicht bereit ist, darüber zu sprechen. Ich kann lediglich hoffen, dass ich für ihn da sein darf, wenn er so weit ist. Ich lege meinen Kopf auf seine Brust und atme seinen Duft tief ein. Vielleicht ist dieser Moment nur eine kleine Seifenblase, die wir uns geschaffen haben, weit weg von Boston und den Problemen, die uns Tag für Tag beschäftigen ...

Über die kommenden Tage will ich im Augenblick nicht nachdenken. Ich frage nicht weiter nach. Es wäre zwar eine Lüge, wenn ich abstreiten würde, dass es mich brennend interessiert. Aber ich will ihn nicht bedrängen. Ich kenne das Gefühl, immer und immer wieder gefragt zu werden. Ich weiß, wie es ist, wenn alle sich plötzlich für Sherlock Holmes halten und unbedingt eine Antwort auf die große Frage wollen.

»Ich würde mich freuen, wenn du es mir eines Tages erzählst.«

Denn seit den letzten Stunden ist der Wunsch, noch viel mehr Zeit mit ihm zu verbringen, immer weiter gewachsen. Jared legt seine Hand um meine, die die Hundemarke noch immer umschlossen hält. Diese Geste deute ich als ein deutliches »Ja«. Eines Tages wird Jared mir so sehr vertrauen, wie ich ihm gestern Nacht vertraut habe. In jeglicher Hinsicht.

Während irgendwo da draußen die Sonne aufgeht, liegen Jared und ich Arm in Arm im Gästezimmer dieses großen Hauses und halten die Zeit fest. Kurz bevor ich tatsächlich einschlafe, trifft mich eine Erkenntnis aus heiterem Himmel. Fast habe ich Angst, das Gefühl zuzulassen, aber gegen solche Emotionen können wir uns ohnehin nicht wehren.

Ich bin *glücklich.*

Das liegt vor allem an Jared. Daran, dass er den Staub von den Orten in meinem Inneren gepustet hat, die ich vergraben und vergessen wollte. Ich fühle mich in seinen Armen so, wie wenn man nach einem Sprung ins Wasser wieder auftaucht. Meine Lippen streifen über seine Haut und hinterlassen viele kleine Küsse. Ich spüre das Lachen in seiner Brust und küsse mir einen Weg zu seinen Lippen.

»Ich danke dir, Jared.«

»Wofür denn?«

Obwohl er die Antwort darauf kennen muss, will ich nicht so sein und lege meine Hand sanft an seine Wange.

»Dafür, dass ich mich wieder lebendig fühle.«

Kapitel 12

Die letzten beiden Pancakes sind mir besonders gut gelungen. Andere hingegen sehen eher aus wie amateurhafte Versuche. Zu lang habe ich mir nicht mehr die Zeit genommen, um ein richtiges Frühstück zu machen. Wo auch? Die Cafeteria im College versorgt mich mit den Dinkel Poppys und anderen Cornflakes, die ich für den Start in den Tag brauche. Die Küche im Haus meiner Eltern hält ungefähr ebenso viele verschiedene Zutaten für ein Frühstück bereit wie die Cafeteria. Im Radio läuft einer dieser schrecklichen Popsongs, die mich sonst sofort zum Umschalten nötigen, aber heute ertappe ich mich dabei, wie ich fröhlich vor mich hin summe. Jane, die mir geholfen hat, den Teig nicht zu süß zu machen, beobachtet mich misstrauisch, als wäre sie nicht sicher, ob ich wirklich die Lynn bin, die sie jahrelang bedienen musste. Irgendwie bin ich das auch nicht mehr.

Jared ist noch oben und duscht. Ich will ihn überraschen, und da ich nicht weiß, was er gern isst, habe ich mich dafür entschieden, ihm möglichst viel Auswahl anzubieten. Wir haben frische Früchte, Kaffee in jeder Variante, Brötchen, Donuts, Cornflakes ...

»Hey.«

Ich drehe mich überrascht zur Tür, in der Jared auftaucht und sich unsicher umsieht. Habe ich es übertrieben? Er trägt ein dunkelblaues Poloshirt und schwarze Jeans, die ich ihm aus den Untiefen des Kleiderschranks meines Vaters gefischt habe. Diese Jeans hatte mein Dad noch nie an. Und das Poloshirt vermutlich ebenfalls nicht. Falls doch, sah es an ihm nie so gut aus wie jetzt an Jared. Das blaue Auge fällt heute Morgen nicht mehr so sehr auf, es scheint zu heilen.

»Da bist du ja. Ich habe Frühstück gemacht.«

Mit einer einladenden Geste deute ich auf den gedeckten Tisch und schenke ihm ein warmes Lächeln. Ich will ihn schon wieder berühren, küssen, mit ihm nach oben verschwinden. Aber wir sollten endlich etwas essen. Jared sieht unglücklich aus.

»Alles okay?«

Er nickt und kommt langsam näher.

»Ich hätte mich auf dem Weg hierher fast verlaufen.«

Ein kurzes Lächeln huscht über sein Gesicht. Ich greife nach seiner Hand und ziehe ihn zu mir. Bisher war jeder Gedanke an die Zukunft ein unangenehmer Gedanke. Wenn aber einige meiner zukünftigen Tage mit Jared und einem gemeinsamen Frühstück beginnen sollten, kann ich damit sehr gut leben.

»Ich habe Pancakes gemacht.«

Das sage ich nicht ohne Stolz, denn besonders oft habe ich das noch nicht getan – und werde es vermutlich auch nicht so schnell wiederholen. Als Dankeschön drückt er mir einen Kuss auf die Wange.

»Das wäre nicht nötig gewesen.«

»Ich habe es gern gemacht.«

Sein Lächeln wird etwas breiter, und er nickt dankbar, während ich ihn zum Tisch ziehe und er neben mir Platz nimmt. Jane beobachtet uns einen Moment und schenkt mir ein warmes Lächeln, als unsere Blicke sich treffen. Jared spießt mit der Gabel einen der Pancakes auf und legt ihn mir auf den Teller.

»Pläne für heute?«

Eigentlich bin ich davon ausgegangen, dass wir so schnell wie möglich nach Boston verschwinden, aber inzwischen habe ich es nicht mehr so eilig. Ganz im Gegenteil, wenn es nach mir ginge, würde ich unseren Abschied aus Oceanside gern noch etwas hinauszögern. So kenne ich mich gar nicht mehr. Mit Gefühlen ist es wie mit Menschen: Man bemerkt immer erst, was man vermisst, wenn es nicht mehr da ist. An das Gefühl, entspannt in den Tag zu starten, könnte ich mich übrigens ebenfalls gewöhnen. Mit Jared, wenn es nach mir ginge.

»Keine Ahnung. Gibt es in Oceanside noch etwas, das ich sehen müsste?«

Sein Blick wandert über meinen Körper. Bilder der vergangenen Nacht schießen wie Feuerwerkskörper durch meine Erinnerung: Jareds Körper auf meinem, seine Küsse, seine Hände ...

»Vielleicht würde ich dir tatsächlich noch ...«

»Lynn? Lynn, bist du da?«

Die Stimme meiner Mutter unterbricht mich und meine Gedanken. Als wäre jede Verbindung zu meinem Gehirn plötzlich durchtrennt worden, verstumme ich und starre Jared aus großen Augen an. Meine Eltern sollten doch in New York sein! Oder etwa nicht? Die Antwort auf meine Frage taucht gerade in der Küche auf: meine Mutter. Und mein Vater. Jared wirkt mit einem Mal etwas nervös und wischt sich die Hände an der Serviette ab.

»Mom ... Dad ...«

»Oh, wie schön! Du bist noch da! Wir sind extra früher aus New York zurückgekommen, in der Hoffnung, dich noch mal zu sehen.«

Das ist eine nette Geste. Nur das Timing ist bescheiden. Meine Mutter mustert Jared kurz und setzt dann zum Übergriff an. Lächeln, strahlen, einnehmen. Mit ausgestreckter Hand stolziert sie auf uns zu.

»Wir wurden uns gestern nicht richtig vorgestellt. Judith Preston.«

Jared steht auf, weil es sich so gehört, und nimmt die Hand meiner Mutter sofort an.

»Jared Parker. Sehr angenehm, Sie kennenzulernen, Misses Preston.«

Das klingt viel zu gezwungen in meinen Ohren. Ich befürchte, es wird noch schlimmer. Mein Vater taucht hinter meiner Mutter auf. Sein Blick lässt keinen Zweifel daran, dass er wenig begeistert ist, einen fremden Mann in seinem Haus zu finden.

»Phil Preston.«

Jared nickt ihm möglichst freundlich zu, aber die Stimmung sinkt stetig in Richtung Gefrierpunkt. Da kann meine Mutter noch so sehr ihre beste Happy-Family-Performance aufführen – es wird nicht reichen, um diese Szene zu retten. Dafür müsste wahrlich Meryl Streep ihre Rolle besetzen.

»Phil, schau dir nur das Frühstück an! Zum Glück haben wir nicht im Hotel gegessen.«

Meine Eltern nehmen auf ihren angestammten Stühlen Platz, und Jane bringt schnell zwei weitere Teller. Ich nutze diese Ablenkung, um Jared einen kurzen Seitenblick zuzuwerfen. Er wirkt zerknirscht, dabei müsste er das gar nicht. Meine Eltern mögen zwar reich sein, aber ihre größte Superpower ist die Langeweile. Sie können ihm nichts anhaben. Mein Lächeln soll ihm Mut machen, scheint das Ziel aber zu verfehlen.

»Nun, Jared, erzählen Sie doch mal. Wie haben Lynn und Sie sich denn kennengelernt?«

Da kann man noch so volljährig sein, wenn man mit seinen Eltern und dem Freund am Tisch sitzt, wird es immer früher oder später peinlich. Mein Dad, ganz der studierte und eloquente Anwalt, wendet sich direkt an Jared und schenkt ihm ein kühles Lächeln. Auf ein solches Zusammentreffen sind wir beide nicht vorbereitet. Ich bin mir ja noch nicht mal sicher, wie die Dinge zwischen mir und Jared nach der gestrigen Nacht stehen. Wozu bin ich bereit? Wozu ist er bereit? Und vor allem: Was will ich eigentlich?

»Wir haben uns in einer Bar in Boston kennengelernt.«

Das stimmt. Ist keine Lüge. Lässt nur einige Details aus.

»Sie sind nicht am Kensington?«

Ich will gerade Luft holen, um meinen Vater zu unterbrechen, als Jared ihm ein entspanntes Lächeln zuwirft, das allerdings eher wie das Annehmen einer Herausforderung zum Duell wirkt.

»Nein, Sir.«

»Dann sind Sie am Boston Bay College?«

»Nein, Sir.«

Meine Mutter schmiert sich in aller Ruhe etwas Marmelade auf einen der Pancakes, als würde sie einen anderen Soundtrack hören und nicht das Gespräch zwischen Jared und Dad. Ihr Lächeln ist vergnügt, ihre Laune bestens. Wie immer. Sie ist nur eine Statistin im Leben meines Vaters. In meinem übrigens auch.

»Ich bin an keinem College, Sir. Ich arbeite.«

»Ach so. Verstehe. Und wo arbeiten Sie?«

»In besagter Bar, Sir.«

Es ist keine Bar, es ist ein kleines Pub. Aber »Bar« klingt so viel weltmännischer, so viel mehr nach dem, was mein Vater hören will. Er stellt sich Jared jetzt womöglich in einem weißen Hemd mit Fliege vor, wie er Cocktails in edle Gläser füllt – und sieht vielleicht nicht den Jared, der mit einem blauen Auge und einem Geschirrtuch in der Hand betrunkene Menschen bedient.

»Dann tragen Sie die Hundemarke also nur zur Dekoration, ja?«

»Dad!«

»Es ist doch nur eine Frage, Lynn.«

Ich mag es nicht, wie er mit Jared oder mit mir spricht. Er spielt sich als besorgter Vater auf, eine Rolle, die er jahrelang vermieden hat. Er hat kein Recht, sich jetzt dazu berufen zu fühlen.

»Jared, darauf musst du nicht antworten!«

Mir ist schlagartig der Appetit vergangen, während sich meine Mutter das erste Stückchen Pancake in den Mund schiebt. Begreift sie denn nicht, was hier gerade passiert? Kann sie meinen Dad nicht zurückhalten?

»Die Marke gehörte meinem Bruder, Sir. Ich trage sie als Erinnerung an den Soldaten, der er einmal war.«

Das beantwortet zwar die Frage meines Vaters, wirft aber jede Menge neuer Fragen auf. Nicht nur meine Neugier ist erneut geweckt.

»Ich verstehe. Nun, viele gute Männer dienen unserem Land.«

»Da stimme ich Ihnen zu.«

Jared hat sein Essen noch immer nicht angerührt; zu beschäftigt ist er damit, die Fragen meines Vaters zu beantworten und seinem prüfenden Blick standzuhalten. Wie unwohl er sich dabei fühlt, kann ich spüren, mein Vater kann es vermutlich sehen. Meine Mutter ... ach, vergessen wir das.

»Wie lang sind Sie und meine Tochter ...«

»Dad, es reicht. Jared ist mein Freund. Er war so nett, mich herzufahren, weil mein Wagen den Geist aufgegeben hat.«

»Ich habe dir schon vor Monaten gesagt, dass du den alten Volvo endlich ...«

»Niemals!«

Ich will nicht schreien und kann es nur mit viel Mühe verhindern. Mein Vater hat nie verstanden, was der Wagen mir bedeutet. Er wird es nie verstehen.

»Ich weiß, ich weiß, Simons Wagen. Aber wenn er nicht mehr fährt? Wozu behalten? Ist diese Nostalgie nicht langsam etwas ... nun, albern?«

Albern. Keine Erinnerung an Simon wird jemals albern sein, aber um das aussprechen zu können, muss ich erst den Kloß in meinem Hals bezwingen. Jared greift unter dem Tisch nach meiner Hand.

»Ein Freund kümmert sich gerade um den Wagen. Er kriegt ihn bestimmt wieder hin, dann kann Lynn ihn noch ein paar Meilen fahren.«

Jared zwinkert mir kurz zu und lächelt. Ich kenne ihn noch nicht lang, aber schon jetzt versteht er mich besser, als meine eigene Familie es tut. Ein kurzer Blick zu meiner Mutter reicht, um zu wissen, dass sie noch atmet, sich aber noch immer nicht dazu entschieden hat, an unserer Unterhaltung teilzunehmen.

»Mister Parker, ich finde es ... *beeindruckend,* dass Sie sich so um meine Tochter kümmern. Aber ich würde mich wohler fühlen, wenn sie einen Wagen hätte, der sie auch am Ziel ankommen lässt.«

»Mister Preston, das kann ich verstehen, und ich versichere Ihnen, der Volvo wird das tun.«

»Sind Sie jetzt auch noch Mechaniker, Mister Parker?«

Der Tonfall meines Vaters, bis eben nur unterschwellig verletzend, wird jetzt ganz unverhohlen herablassend.

»Ich kenne mich mit Autos ein bisschen aus. Ich erkenne einen hoffnungslosen Fall, wenn ich ihn sehe.«

Mein Vater setzt zum Todesstoß an, das kann ich erkennen. Dieses Lächeln habe ich zu oft gesehen. Es ist falsch, kühl – und oft hat es Simon getroffen. Eigentlich immer, wenn er mal bei uns zu Hause war. Jetzt hat es ein neues Ziel.

»Ich auch, Mister Parker, ich auch.«

Dabei lässt er seinen Blick so abschätzig über Jared wandern, dass es mir zu viel wird. Es reicht! Er darf das nicht tun. Nicht mehr. Nicht auch noch bei Jared.

»Lasst euch das Frühstück schmecken. Jared und ich müssen los.«

Damit schiebe ich geräuschvoll den Stuhl nach hinten und stehe auf. Jared hält dem Blick meines Vaters noch immer stand.

»Sie mögen mich für einen hoffnungslosen Fall halten, Mister Preston. Aber mir ist nur wichtig, was Ihre Tochter über mich denkt.«

»Meine Tochter verfügt nicht über besonders viel Menschenkenntnis.«

»Dann scheinen Sie Ihre Tochter noch weniger zu kennen, als ich angenommen habe.«

Jared steht ebenfalls auf, greift wieder nach meiner Hand und sieht zu meiner Mutter.

»Misses Preston, einen schönen Tag noch.«

Meine Mutter sieht uns fast entschuldigend an. Wenn ihr die Szene unangenehm ist, verheimlicht sie das durch ihr Schweigen ganz erfolgreich. Es tut mir weh, dass sie sich nicht auf meine Seite stellt. Es tut mir weh, dass mein Vater Jared keine faire Chance gibt. Langsam verlassen wir die Küche, und ich will mich nicht mehr umdrehen. Dieses Haus ist vollgestopft mit Möbeln, antiken Sammlerstücken und neumodischem Technikkram. Aber all das kann nicht über die Leere hinwegtäuschen, die hier herrscht.

»Mister Parker ...?«

Mein Vater hält uns im Flur auf, als wir schon fast an der Tür sind. Ich will weitergehen, aber Jared bleibt stehen. Weil er nicht kneift, weil er sich meinem Vater stellt – und ich ihn dafür am liebsten küssen will.

»Ja, Sir?«

»Sie können meine Sachen gern behalten. Auch wenn sie nichts daran ändern, dass Sie ein Cowboy aus der Prärie ... lassen Sie mich raten ... aus Kansas sind? Merken Sie sich eines: Hier sind Sie nicht mehr im Wilden Westen, sondern in Massachusetts. Und hier bin ich Senator.«

Jareds Kiefer ist angespannt. Die Stille dröhnt in meinen Ohren wie ein Wirbelsturm, und die Wut pumpt unaufhörlich durch meine Adern.

»Ich habe verstanden, dass Sie der Meinung sind, ich wäre nicht gut genug für Ihre Tochter. Aber Lynn scheint das anders zu sehen.«

»Meine Tochter ...«

Ich hasse es, wenn mein Vater so klingt, als wäre ich nicht im Raum. Als wäre ich nicht anwesend. Es ist ihm immer leichtgefallen, über mich zu sprechen. Nie mit mir. Ich lasse Jareds Hand los und mache einige Schritte auf meinen Vater zu.

»Du wirst es nie begreifen, oder? Es spielt, verdammt noch mal, keine Rolle, wo ein Mensch herkommt! Das hat es schon bei Simon nicht getan!«

Diesmal gelingt es mir nicht, meine Stimme unter Kontrolle zu halten. Ich schreie es dem großen Phil Preston einfach ins Gesicht. Für mich ist er kein Senator, für mich ist er einfach nur der Vater, der meinem besten Freund immer nur das Gefühl gegeben hat, nicht gut genug zu sein. Und der nun Jared das Gefühl gibt, ebenfalls nicht gut genug zu sein. Niemals hat er auch nur einen Blick auf den Menschen geworfen, der vor ihm stand.

»Lynn, ich meine es doch nur gut. Er soll dir nicht auch noch weh tun. Du bist ...«

»Du hast keine Ahnung, wer ich bin. Also hör auf, dich in mein Leben einzumischen.«

»Du bist meine Tochter, verflucht noch mal! Und ich werde nicht zulassen, dass Menschen dich wegen deines guten Namens ...«

»Phil! Es reicht!«

Die Stimme meiner Mutter klang noch nie so entschlossen wie jetzt gerade. Sie schneidet meinem Vater das Wort ab. Er scheint über ihr Einschreiten ebenso überrascht wie ich, auch wenn er sich schnell fängt.

»Lass Lynn und ihren Freund gehen!«

Noch nie habe ich sie mit einer solchen Vehemenz sprechen hören. Oder so laut. So bestimmend. Ich sehe an meinem Vater vorbei. Auch wenn es einige Jahre zu spät passiert, erkenne ich zum ersten Mal meine Mutter *wirklich*. So, wie sie die ganze Zeit hätte sein sollen. Sie schenkt mir ein leichtes Lächeln, und ich nicke ihr dankend zu. Manchmal spielt es keine Rolle, wann man Unterstützung bekommt. Es zählt nur, dass man sie bekommt.

»Danke, Mom.«

Schnell drehe ich mich wieder zu Jared, der noch immer an der Tür auf mich wartet. Es wird Zeit, dass wir hier verschwinden.

Kapitel 13

Ich lege beide Arme von hinten um Jareds Oberkörper, als wir zwischen Oceanside und Boston einen kurzen Zwischenstopp einlegen und er sich ein Sandwich gönnt. Irgendwie gelang es ihm nie, etwas zu essen, immer kam etwas dazwischen. Ich spüre, wie angespannt er noch immer ist.

»Alles wieder okay?«

Er hat während der Fahrt kaum gesprochen, nur auf die Straße gestarrt und dabei die Hände so fest um das Lenkrad gekrampft, wie er sie wohl gern um den Hals meines Vaters gelegt hätte. In meiner Umarmung entspannt er sich zumindest ein kleines bisschen.

»Sicher.«

Man muss Menschen nicht besonders lang, nur gut genug kennen, um zu wissen, wann sie lügen. Ich stütze mein Kinn auf seiner Schulter ab und sehe ihn von der Seite an.

»Mein Vater ist ein Idiot. Das war er schon immer.«

Es entschuldigt dennoch nicht, was er gesagt hat. Es entschuldigt vor allem nicht, dass sich die Stimmung zwischen Jared und mir nun verändert zu haben scheint. Ein Gefühl, das mich verunsichert. Gestern Nacht hat sich das alles noch ganz anders angefühlt. Ich halte ihn zwar in meinen Armen, aber es fühlt sich so an, als würde er mir langsam, aber sicher wieder entgleiten. Das Gefühl kenne ich leider zu gut.

»Jared, sieh mich an.«

Falls es ihm nicht bewusst ist – ich habe gestern einen Sprung gewagt, der mit einem bösen Aufprall hätte enden können. Ist zwar nicht passiert. Trotzdem stehe ich auf wackeligen Beinen. Langsam dreht er seinen Kopf zu mir.

»Es tut mir leid, okay? Mein Vater …«

Sooft habe ich mich wegen ihm bei Simon – und sogar Jimmy – entschuldigen müssen. Niemals war jemand meiner Freunde gut genug, um mit mir Zeit verbringen zu dürfen. Immer hatte mein Vater etwas dagegen. Lynn *Preston*, die sollte sich lieber mit Jungs wie Kevin Bennett abgeben. Vielleicht, weil es für die Karriere meines Vaters von Vorteil gewesen wäre, wenn seine Tochter ein harmloses Teenie-Mädchen dargestellt hätte und nicht die kleine Rebellin, die ihm ständig widersprach. Den Gefallen habe ich ihm nur nie getan.

»Es geht nicht um deinen Vater, Lynn.«

Jared löst sich aus meiner Umarmung und sieht mich nachdenklich an. So hatte ich mir die Rückfahrt wirklich nicht vorgestellt.

»Oceanside.«

»Was ist damit?«

Er war doch gestern so begeistert von allem: dem Ozean, dem Pier, den Leuten. Es wäre so viel besser als Colby, Kansas, gewesen. Sogar besser als Boston.

»Ich weiß nicht …«

Jared weicht meinem Blick aus, und ich spüre das Zittern meines Herzens. Zuerst ist es nur leiser Zweifel, den Jared mit einem Lächeln sofort in Luft auflösen könnte. Aber noch immer starrt er auf seine Schuhe, und ich verstehe so langsam. Wut macht sich breit.

»Was willst du von mir, Parker? Was soll das alles?«

Ich hatte ja keine Ahnung, dass ein Aufprall mit einer solchen Verzögerung so heftig sein kann. Meine Landung, die sich gestern Nacht in seinen Armen so wunderschön angefühlt hat, bricht mir gerade einige Rippen und Teile meines Herzens.

»Was willst du mir eigentlich sagen?«

Noch immer schafft er es nicht, mir in die Augen zu sehen. Er lehnt in den Klamotten meines Vaters an der Motorhaube seines Wagens und starrt auf seine Füße, als würde dort die Antwort auf das ganze Chaos liegen.

»Rede endlich mit mir!« Ich stoße ihn unsanft in die Seite. »Du hast gesagt, du bist anders als die anderen!«

»Ich *bin* anders ... leider auch anders als dein Leben dort.«

»Hey, ich habe Neuigkeiten für dich: Ich lebe da nicht mehr.«

»Dein Vater hat vermutlich recht. Ich bin nicht mal auf dem College ...«

»Hör auf, meinen Vater vorzuschieben, weil du keine Lust hast, mit mir ...«

Er nimmt mein Gesicht zwischen seine Hände und sieht mich verletzt an. Wenn er das tut, zersplittert meine Wut. Dann will ich ihm wieder so nah sein wie gestern.

»Verdammt noch mal, Lynn! Glaubst du, ich habe das alles so geplant? Du und ich? Es ist ... wir ...«

Die Anziehung zwischen uns war größer als die vereinte Streitmacht der Zweifel in unseren Köpfen. Das Herz hat gewonnen, der Kopf kapituliert. So wie ich auch. Ich weiß, wovon ich spreche. Seit der Nacht bei den Gleisen habe ich versucht, mich nicht in Jared zu verlieben. Dabei war es damals schon zu spät.

»Lynn, du bist so … wundervoll. Ich will dir nur nicht weh tun mit … «

Er verstummt, unsicher, wie er den Satz beenden soll. Aber sein Blick ist so zärtlich und ehrlich, dass ich mir in genau diesem Moment sicher bin, dass Jared mir niemals weh tun wird. Ich lehne mich gegen seine Brust, und er schlingt die Arme fest um mich.

»Wenn es etwas gibt, das ich wissen soll, dann kannst du mir das sagen. Das weißt du, oder?«

Er sagt nichts, hält mich nur fest und gibt mir damit die einzige Antwort, die ich hören will. Solange er mich so in seinen Armen hält, kann nicht viel schiefgehen. Mein Vater und Oceanside sind weit genug weg. Darum muss er sich keine Sorgen machen. Ich spüre seine Lippen an meinem Ohr.

»Wenn dir jemand weh tun will, muss er erst mal an mir vorbei.«

Der Tonfall seiner Stimme macht nur zu deutlich, wie ernst er das meint. Zu lang habe ich mich allein gegen alles gewehrt, was weh tun könnte: gegen die Erinnerungen und die Zukunft. Jetzt ist er hier … und das eisige Gefühl von Einsamkeit verschwindet langsam. So fühlt es sich also an, wenn die Eisdecke schmilzt und der Frühling wiederkommt. Ich mache mich verletzlich und angreifbar. Wenn ich ehrlich zu mir selbst bin, macht mir das alles ein bisschen Angst. Trotzdem finde ich den Mut und sehe wieder zu ihm.

»Brich mir nicht das Herz, Jared Parker.«

Er schüttelt ernst den Kopf.

»Niemals.«

Er beugt sich zu mir. Ich spüre seine Lippen sanft auf meinen und lasse ihn mich küssen. Ich gebe mich dem Impuls hin, küsse ihn etwas inniger und fühle den Wunsch, mehr von ihm zu spüren. Seine Hände wandern zu meinen Hüften, und ich presse mich enger gegen seinen Körper. Meine Hände streicheln über seine Arme, das einzige bisschen Haut, das ich berühren kann – zu wenig, um mein Verlangen nach mehr zu stillen. Jared löst sich vorsichtig von mir und grinst mich an.

»Komm, fahren wir besser weiter. Ryan wartet mit deinem Wagen auf uns.«

Ich will sofort widersprechen, will ihm sagen, dass der Volvo morgen immer noch da sein wird.

»Aber ...«

Jared schüttelt schnell den Kopf, als ob er sonst nicht widerstehen könnte.

»Alles andere ... später.«

Mit einem Augenzwinkern schiebt er mich in Richtung Beifahrertür, und unter leisem Protest gebe ich schließlich auf.

Das Gewitter gestern Nacht hat so vieles weggespült. Vielleicht kommt mir deswegen dieser Sommertag anders vor. Es ist warm, aber die drückende Schwüle hat sich verzogen. Zusammen mit einigen schweren Gedanken, die mich lang begleitet haben. Ich lehne an Jareds Schulter, meine Füße hängen nackt aus dem geöffneten Seitenfenster. Jared hat einen Arm um mich gelegt und fährt konstant auf der rechten Spur, weil er es ebenso wenig wie ich eilig hat, nach Boston zurückzukehren. Die Musik aus dem Radio bildet den perfekten Soundtrack zu diesem Roadtrip. Wenn ich die Augen schließe, dann gönne ich mir einen kurzen Moment des Friedens.

Was mein Vater gesagt hat, ist kompletter Unsinn. Mein innerliches Unbehagen, wenn ich an das *Red Lion Pub* und all die Gäste dort denke, verdränge ich, weil ich mich auf Jareds Körper und seinen Geruch konzentriere. Es ist mir egal, was andere sagen werden. Sarahs Blicke sind mir egal, die Gerüchte, das Gerede. Sie werden verstummen. Allerdings kann ich mir vorstellen, dass Sarahs neue Männergeschichten, sobald sie mit Trevor fertig ist, für mehr Gesprächsstoff sorgen. Ich werde mit jedem Tag ein bisschen langweiliger, werde immer mehr in der Menge verschwinden – und bevor ich mich versehe, bin ich nur noch ein weiteres Gesicht auf den Gängen des Colleges. Diese Erkenntnis zeichnet mir ein Lächeln auf die Lippen. Das wäre eine willkommene Abwechslung. Die letzten Jahre waren anstrengend.

Ich öffne die Augen wieder, und mich beschleicht erneut das Gefühl, dass das alles nicht ganz so einfach werden wird. Vielleicht kann ich endlich aufhören, nur die toughe Lynn zu sein. Mit einem Anker wie Jared an meiner Seite sollte das nicht allzu schwierig werden. Ein bisschen loslassen. Nur ein bisschen. Jared drückt mir einen Kuss auf die Wange, und mein Herz hat sich entschieden. Für ihn.

Ryan Slater ist etwas größer als Jared, hat braunes Haar, das er sich immer wieder aus der Stirn streicht und dabei Ölspuren auf seinem Gesicht verteilt. Er trägt ein weißes, ärmelloses T-Shirt und ausgewaschene Jeans. Sein Gesicht wirkt kantig, der Dreitagebart lässt ihn älter aussehen, als er vermutlich ist. Jared begrüßt er mit einer Umarmung, die darauf schließen lässt, dass die beiden sich schon länger und gut kennen.

Einige Male habe ich ihn im *Red Lion Pub* gesehen, aber er schien nur ein weiterer Kunde an der Bar zu sein.

»Schicke Klamotten, Parker. Neuer Style?«

»Notfall-Outfit.«

Jared nickt zu mir, und die beiden Männer grinsen sich vielsagend an. Jared streckt seinen Arm aus und greift wie selbstverständlich nach meiner Hand.

»Ryan, das ist Lynn.«

»Die Lady mit dem Volvo.«

»Die bin ich.«

Vor allem aber bin ich die Lady, die Jareds Hand hält. Als ob diese kleine Geste keiner weiteren Erklärung bedarf. Ryan winkt mir nur, um zu verhindern, dass ich meine Hand schmutzig mache. Er mustert mich kurz aus warmen braunen Augen, bevor sich ein freundliches Lächeln auf sein Gesicht legt.

»So ungefähr habe ich mir dich vorgestellt.«

Slater weist ins Innere der kleinen Werkstatt in South Boston, und Jared deutet an, ich solle ihm folgen. Bisher habe ich den Gedanken daran verdrängt, den Wagen vielleicht nicht wiederzubekommen. Mit ihm würden viele Erinnerungen verschwinden. Da steht er nun, die Motorhaube offen. Er wirkt wie ein Patient bei einer OP am offenen Herzen. Ryan klopft auf den Kotflügel und dreht sich zu mir um. Sein Blick verheißt nichts Gutes.

»Die Wahrheit ist … die Karre ist hinüber.«

Ohne Zweifel kann man so eine Nachricht auch anders übermitteln. Ryan Slater scheint ein Mann der ehrlichen Worte zu sein. Oder er hat keine Ahnung, wie viel mir der Volvo bedeutet.

»Ich könnte ihn noch mal zusammenflicken, aber ob er dich noch nach Hause bringt? Vielleicht. Vielleicht auch nicht.«

»Aber … man könnte ihn reparieren?«

Meine Hoffnung schwindet, als Ryan den Kopf schüttelt.

»Der ist schon ziemlich oft repariert worden, oder?«

»Dutzende Male.«

»Tapferes Auto.«

Jared tritt neben mich, sein Arm legt sich wie selbstverständlich um meine Hüfte.

»Ryan, kannst du es nicht versuchen?«

»Parker, die Karre ist Schrott. Die wird mit Klebeband zusammengehalten.«

Das weiß ich alles. Ich habe es immer gewusst. In letzter Zeit wurde das Klopfen lauter, er hat sich immer mehr Zeit gelassen, bis er endlich angesprungen ist. Ein Abschied auf Raten.

»Bitte, das wäre echt wichtig für Lynn.«

Ich sehe zu dem Wagen, und die Bilder in meinem Kopf zaubern ein feines Lächeln auf meine Lippen: Kaum war ich alt genug, um über das Lenkrad zu schauen … Simons breites Grinsen, als wir zum ersten Mal eine Spritztour damit gemacht haben. Ich höre die Musik unserer Roadtrips, unser Lachen, und zum ersten Mal seit langer Zeit tut es nicht weh, daran zu denken. Ich strecke die Hand aus und lege sie auf das kühle Metall des Wagens. Wir klammern uns an Gegenstände aus der Vergangenheit, weil wir der festen Überzeugung sind, wir würden sie brauchen, um die Menschen, die wir damit in Verbindung bringen, nicht zu vergessen. Wann immer ich den Volvo betrachte, sehe ich Simon und mich.

Die Wahrheit ist aber: Simon ist so sehr ein Teil meines Lebens, dass ich ihn ohnehin niemals vergessen werde. Diese Gefahr besteht gar nicht. Mit einem kleinen Schritt bin ich bei meinem Wagen und streiche mit der Hand über den Kotflügel. Jared und Ryan beobachten mich, und ich weiß: Nur einer der beiden Männer versteht, was gerade passiert.

Ich lasse los.

Ich lasse den Teil los, der weh tut. Die Erinnerung, die wie eine Bürde auf mir lastet. Dafür behalte ich die Momente, die ein Lächeln auf mein Gesicht zeichnen. Simons Stimme ist so präsent in meinem Kopf wie seit dem Abend auf den Gleisen nicht mehr. *Make it count.*

Er hat recht. Für ihn. Mit ihm. Und für mich.

»Alles okay?«

Jareds Stimme holt mich in die Realität zurück. Obwohl sich Tränen in meinen Augen sammeln, nicke ich tapfer.

»Ja. Wenn der Wagen nicht mehr kann, dann will ich ihn nicht quälen.«

Ryan nickt zufrieden.

»Eine Frau mit Verstand. Das mag ich.«

Jareds Blick lässt mich noch immer nicht los. Er sieht mich ernst an, und ich nicke. Ja! Ja, es ist Zeit. Ich quäle nicht nur den Wagen, ich quäle mich selbst – und ich quäle irgendwie auch Simon.

»Okay.«

Ryan nickt zu einem alten Dodge hin, der aus verschiedenen Ersatzteilen zu bestehen scheint und nicht gerade den Eindruck vermittelt, zuverlässiger als mein Volvo zu sein.

»Ich kann dir den da übergangsweise anbieten.«

Jared weiß inzwischen, dass meine Familie genug Geld hat,

um mir jeden Wagen kaufen zu können, den ich mir wünsche. Aber dieser mitleiderregende Dodge scheint perfekt zu sein.

»Den nehme ich.«

Ryan muss lachen, ein tiefes, rauhes Lachen. Ich sehe ihn überrascht an, und er nickt mir zu, als hätte ich gerade seinen Respekt gewonnen.

»Ich hol die Schlüssel.«

Damit verschwindet er in das kleine, verglaste Büro, und ich schaue wieder zu Jared, der mich lächelnd ansieht.

»Sicher?«

»Ja. Simon ist nicht dieses Auto. Simon ist überall.«

Ich lege meine Arme um Jared und ziehe ihn in eine Umarmung, denn genau hier fühle ich mich sicher. Vor einigen Tagen hätte ich das nie zugeben können – oder wollen. Als ob es ein Zeichen von Schwäche wäre, sich anzulehnen. Wie kann etwas, das sich so gut anfühlt, eine Schwäche sein? Jared küsst mich auf die Stirn und hält mich einfach fest. Es wird noch eine ganze Weile dauern, bis der Schmerz aus meiner Brust verschwindet, bis ich nicht mehr davon träume. So was passiert nicht über Nacht, dessen bin ich mir bewusst. Dennoch fühlt es sich wie eine Befreiung an, den ersten Schritt getan zu haben. Jared ist sich nicht im Klaren darüber, wie gut es sich anfühlt, jemanden zu haben, der einen versteht. Bei dem man sich nicht mehr verstellen muss. Ich wusste noch vorgestern selbst nicht, wie gut ein Verbündeter sein kann. Gerade als ich meinen Kopf hebe, um ihn zu küssen, klingelt Jareds Handy. Nur ein Klingeln, nichts Besonderes. Es passiert täglich, bei manchen Menschen stündlich. Jared scheint dieser Anruf so zu überraschen und zu lähmen wie ein Schlag in die Magengrube. Seine Augen weiten sich für den Bruchteil einer Sekunde. Würde ich Jared nicht ständig studieren und versuchen, mir jede noch so kleine Eigenart einzuprägen, es wäre mir vermutlich gar nicht aufgefallen. Ein Lächeln zuckt über seine Lippen, als er nach dem Telefon greift und mir einen flüchtigen Kuss gibt, der – so kurz er auch sein mag – sofort eine Erinnerungswelle an gestern Nacht auslöst.

»Ryan soll nicht mit dir flirten, okay?«

Damit entschuldigt er sich und geht, mit dem Handy am Ohr, nach draußen. Ein kurzer Moment, keine große Sache. Ein Anruf, nichts weiter. Das angenehm brennende Gefühl, das ich bei Jareds Anblick empfinde, verwandelt sich gerade in eine Kühle, die sich wie die Realität anfühlt. Oceanside, Simon, unsere gemeinsame Nacht, selbst der Streit mit meinem Vater – all das ist weit weg.

»Ta-dah!«

Ryan hält mir den Schlüssel entgegen, und ich bemerke ein Tattoo an seinem Handgelenk, das mir bisher nicht aufgefallen ist. Kein Wunder, mit Jared im Raum fällt es mir schwer, mich auf etwas anderes zu konzentrieren.

»Ich empfehle übrigens ab und zu mal einen Ölwechsel.«

»Ich werde mich daran halten.«

Durch das geöffnete Tor der Werkstatt erkenne ich Jared, der noch immer telefoniert und an seinem Mustang lehnt. Ryan grinst mich an, als er meinen Blick bemerkt.

»Also du und Parker, ja?«

So genau haben wir das noch nicht besprochen.

»Ich denke schon.«

»Er ist ein feiner Kerl.«

Das muss er nicht unbedingt betonen, aber ich nicke zustimmend. In den letzten zweiundsiebzig Stunden hat dieser Mann mehr für mich getan als meine Eltern in den letzten zwei Jahren. Obwohl ich mich noch immer frage, wieso er sich ausgerechnet für mich interessiert? Habe ich nicht alles versucht, um Männer abzuschrecken?

Ryan räuspert sich, und meine Gedanken werden wieder unterbrochen. Wo sind nur meine Manieren, auf die meine Eltern so großen Wert legen? Ich drehe mich mit einem verschämten Lächeln zu Ryan um und sehe ihn entschuldigend an.

»Also, Ryan, woher kennt ihr beiden euch?«

Ryan sieht kurz zu Jared nach draußen, dann wieder zu mir.

»Nun, sagen wir es so, als Jared neu in Boston war, hat er Geld auf mich gesetzt.«

Ich verstehe nicht, und Ryan weiß, dass er in Rätseln spricht.

»Ich fahre Autorennen.«

»Legale?«

»Manchmal.«

»Verstehe.«

»Man tut, was man kann, um zu überleben, oder?«

Wie recht er damit doch hat. Wie gut ich das kenne. Außerdem geht es mich nichts an.

»Wir haben uns angefreundet, er hat mir einige Male aus der Patsche geholfen.«

Das scheint Jared wohl so an sich zu haben: Leuten zu helfen, wenn diese in Schwierigkeiten stecken. Ob es für ihn auch bald eine Art Batman-Zeichen gibt, das Menschen in

Not an den Himmel projizieren, damit er weiß, wann er gebraucht wird?

»Und ich habe ihm im Gegenzug bei seinem Kram geholfen.«

Ryan fängt an, Werkzeuge zu sortieren, die mir alle bekannt vorkommen, die ich aber nicht benennen kann. Für mich sehen diese Dinger alle wie Schraubenzieher aus.

»Bei seinem Kram?«

Ryan nickt und wischt einige Ölflecken von den Geräten.

»Die Sache mit Jason war gerade zu Beginn nicht ganz so einfach für Jared.«

Ich verspüre ein kurzes Ziehen. Ryan scheint die ganze Geschichte über Jareds Bruder zu kennen. Zumindest weiß er mehr als ich. Ein kurzer Blick über die Schulter reicht aus, um zu sehen, dass Jared noch immer telefoniert.

»Jason fehlt Jared ziemlich, hm?«

Ich versuche, die wenigen Informationen, die ich über seinen Bruder habe, so einzusetzen, dass ich mehr erfahren kann. Ryan nickt nur, sieht mich aber nicht an. Er scheint keine große Hilfe zu sein, was dieses Thema angeht. Oder er will einfach nicht darüber reden.

»Kennst du Jason?«

Meine Stimme soll den Anschein erwecken, es wäre nur ein bisschen Smalltalk und kein Aushorchen. Ryan hebt langsam den Blick. Ich weiß schon, bevor seine braunen Augen mich nachdenklich ansehen, dass er mich durchschaut hat.

»Wenn er es dir erzählen will, wird er es tun.«

Er hat recht. Ich weiß, wie es sich anfühlt, wenn andere rumschnüffeln. Wie weh es tut, wenn falsche Infos die Runde machen und Gerüchte entstehen, die keinen anderen Zweck haben, als Wunden aufzureißen. Jared wird es mir eines Tages erzählen. Nicht jetzt. Aber vielleicht bald.

»Hey, Lynn, kannst du allein ins Wohnheim fahren?«

Jared taucht hinter uns auf, und seine Stimme klingt angestrengt, als wäre er gerannt. Als hätte er noch eine ganze Strecke vor sich.

»Ähm, sicher, klar.«

Mein Kopf fühlt sich plötzlich so an, als wäre ich aus einem Karussell ausgestiegen, das sich zu schnell gedreht hat. Eine kleine Veränderung, die sich wie ein Zweifel über alles legt. Über die letzten Stunden. Über das Gerüst, dass Jared und ich gebaut haben. Als wäre es nicht ohnehin schon wackelig genug.

»Okay. Ich muss los.«

Das ist alles? Jared sieht zwischen mir und Ryan hin und her und nickt, dabei wirkt er gehetzt und weicht meinem Blick aus, so weit es möglich ist. Mein Herzschlag verlangsamt sich rapide.

»Sehe ich dich heute Abend im *Red Lion*?«

Er nickt, ist aber schon am Weggehen – und ich tue das, was ich nicht tun wollte: Ich gehe ihm nach und erreiche ihn, als er gerade in den Wagen steigen will.

»Jared, warte! Was ist los?«

Nur kurz wirft er mir ein angespanntes Lächeln zu und will mich damit beruhigen. Doch es verfehlt sein Ziel und erreicht genau das Gegenteil. Sorge breitet sich rasend schnell in meiner Brust aus.

»Ich muss nur … es dauert nicht lang. Aber …«

Wohin er auch immer gehen wird, es wirkt so, als müsse er

einfach nur weg ... weg von mir. Von uns. Seine Augen wirken leer und leblos. Sein Blick bittet mich nur allzu deutlich darum, keine Fragen zu stellen, ihm zu vertrauen, wie ich es bisher immer getan habe. Bis jetzt hat er mich nicht enttäuscht. Langsam nicke ich und bemerke seinen erleichterten Gesichtsausdruck, als er mich noch mal fest in die Arme nimmt. Die gleiche Geste wie eben in der Werkstatt, doch diesmal fühlt sie sich fast fremd an. Ich schließe für einen kurzen Moment die Augen und atme seinen Duft tief ein.

»Kommst du zurück?«

Er muss mir ein Sicherheitsnetz dalassen. Irgendetwas, das mich davor bewahrt, mich in meinen alten Zweifeln zu verstricken.

»Immer.«

»Okay. Geh schon.«

Ich sehe Jared nach, als er wegfährt. Ryan taucht neben mir auf und und lehnt sich für einen kleinen Moment an meine Schulter.

»Komm schon, drehen wir eine Runde mit deinem neuen Flitzer.«

Sein Lächeln wirkt beruhigend, und das Angebot nehme ich nur zu gern an. Ablenkung ist ein willkommenes Pflaster gegen böse Gedanken ...

Claire ist nicht da, als ich das Zimmer betrete. Zum ersten Mal wünsche ich mir, dass sie anwesend wäre. Zum ersten Mal verspüre ich das dringende Bedürfnis, mit ihr zu sprechen, ihr zu erzählen, was alles passiert ist. Und wie ich mich fühle. Vollkommen egal, ob es ihr – wie es nun mal so ihre

Art ist – herausrutscht und das ganze College davon erfahren würde. Daran denke ich noch nicht. Wie es zwischen mir und Jared werden wird, wenn dieser Zustand einer romantischen Verzerrung der Realität nachlässt. Wenn sich das preisgekrönte, romantische Musical wieder in eine Daily Soap verwandelt, die nicht für den Golden Globe nominiert wird. Nein, im Moment hätte ich einfach nur gern mit einer Freundin geredet. Der Autoschlüssel vom Volvo, den ich nicht bei Ryan lassen konnte, fühlt sich schwer an in meiner Hosentasche. Ganz so einfach ist das mit dem Loslassen also doch nicht. Der Dodge fährt sich ganz gut; das Schalten ist manchmal schwer, und die Beifahrertür lässt sich nur von innen öffnen, aber das ist mir egal. Er fährt und ist »nur« ein Auto – das ist das Einzige, was zählt.

Claires Abwesenheit hat allerdings den Vorteil, dass ich ungestört die kleine Kiste unter meinem Bett hervorziehen kann. Ein Schuhkarton, der von einer Staubschicht bedeckt ist. Ein Indiz dafür, wie lang er schon unbeachtet da unten gelegen hat. Ich greife nach dem blauen Hefter von meinem Schreibtisch, suche die Zeitungsartikel über meine vergangenen Erfolge und drehe mich wieder dem Karton zu. Zögernd nehme ich den Deckel ab. Ein alter Schlüsselanhänger der Oceanside High, ein Stück Papier, das meine Startnummer bei der letzten Meisterschaft zeigt, einige Fotos von Simon und mir, ein Brief von Jimmy, Muscheln und Steine, die wir am Strand gesammelt haben. Erinnerungen …

In der Mitte des Zimmers nehme ich auf dem Fußboden Platz und lege die Zeitungsartikel sowie den Volvo-Schlüssel dazu. Es ist unfair, zu glauben, man könnte einen Menschen wie Simon in einen Schuhkarton sperren. Zu schnell würde er sich unwohl fühlen. Zu lang habe ich ihm das schon angetan. Weil ich egoistisch war und dachte, so lang ich mich an ihn klammere, so lang bleibt er bei mir, und ich vergesse ihn nicht. Weil ich ihn gebraucht habe. Weil er die perfekte Entschuldigung war.

Jareds Worte hallen durch meinen Kopf: *Manchmal tun Menschen, die uns sehr lieben, Dinge, die wir nicht verstehen können.*

Simon hat mich weggeschubst. Darüber und über den plötzlichen, unsinnigen Tod meines besten Freundes werde ich nie hinwegkommen. Die Lücke, die er in meinem Leben hinterlassen hat, kann ich nicht füllen. Aber ich kann versuchen, sie heilen zu lassen. Langsam. Jeden Tag ein bisschen mehr.

Eine Träne rollt über meine Wange, als ich den Deckel wieder auf den Karton setze und den Staub darauf wegwische. Niemals werden die Erinnerungen an ihn verstauben. Ich atme tief ein.

»Mach's gut, Simon.«

Kapitel 14

Ryan?«

Es überrascht mich sehr, Ryan, den ich als Mechaniker kennengelernt habe, hinter der Bar im *Red Lion Pub* zu sehen. Den Mann, den ich dort erwartet habe, finde ich auch beim zweiten Hinschauen im ganzen Laden nicht. Jared ist weit und breit nicht zu sehen. Dafür tummeln sich alle anderen üblichen Verdächtigen hier, als ich mit Claire ankomme. Ryan wirft ihr ein charmantes Lächeln zu, das Claire schnell ein auffälliges Rot ins Gesicht zaubert.

»Hey, Lynn! Was kann ich euch bringen?«

Es ist ein netter Versuch, über das Offensichtliche hinwegzutäuschen. Er lächelt mich freundlich an und greift nach einem Glas.

»Wo ist Jared?«

Mir ist nicht nach albernem Smalltalk oder gespielten Freundlichkeiten. Die Bestellung kann er auch dann aufnehmen, wenn ich weiß, wo ich Jared finde. Meine Anrufe hat er nicht angenommen und seine Mailbox vermutlich nicht mal abgehört. Das muss man nicht überbewerten, ich tue es dennoch. Ryan stellt das Glas vor mich hin und füllt ungebeten ein bisschen Whiskey ein. Ich trinke keinen Whiskey.

»Er kommt etwas später.«

Ryans Lächeln ist charmant und beruhigend. Es wirkt allerdings so, als hätte er es für diesen Moment einstudiert. Es soll vor allem eines: ablenken.

»Okay. Woher weißt du das?«

Sorge und Wut sind zwei sehr ähnliche Gefühle; noch fällt es mir schwer, zu entscheiden, welches davon von mir Besitz ergreifen will. Ryan weist auf das Schnapsglas vor mir. Er versucht zu retten, was noch zu retten ist.

»Jared hat mich darum gebeten, für ihn einzuspringen, bis er auftaucht.«

Dabei zuckt er die Schultern, als wäre es keine große Sache. Ich will ihm zustimmen. Es ist keine große Sache. Es ist nur verwirrend.

»Das ist ja merkwürdig … auf meine Anrufe hat er nicht reagiert.«

»Lynn, ich weiß, du machst dir jetzt Gedanken. Aber Jared wird bestimmt alles erklären können.«

»Ryan, wenn du weißt, was los ist, dann sag es mir bitte.«

Seine braunen Augen sehen mich offen an. Ja, er weiß, was los ist – und nein, er wird es mir nicht sagen. Weil die Loyalität zu seinem Freund größer ist als das Vertrauen in mich. Das trifft auf beide Männer zu. Jared hat es Ryan also erzählt, kann aber keine Nachricht schicken und auch nicht erklären, was los ist.

»Geht es ihm gut?«

»Nicht besonders.«

»Wieso kann er es mir nicht sagen?«

Ein Kerl am anderen Ende der Bar verlangt nach Ryans Aufmerksamkeit, was ich nicht zulassen werde. Ich greife nach seinem Arm und sehe ihn entschlossen an.

»Ryan!«

»Mehr kann ich nicht sagen, Lynn. Tut mir leid.«

Ich nicke so benommen, wie ich mich fühle, während ich auf das Glas vor mir starre. Jared hat es geschafft, mich zu knacken. Ich bin zerbrochen, wie ich es habe kommen sehen. Im Gegenzug für mein Vertrauen hat er die Teile meines Innenlebens wieder zusammengesetzt. Das bedeutet mir viel. Mehr würde es mir bedeuten, wenn er sich auch mir gegenüber öffnen würde. Niemand verlangt, dass er sofort alles erzählt und mir seine Seele vor die Füße wirft. Aber gerade nach gestern habe ich bestimmt etwas mehr verdient als nur ein Glas Whiskey. Claire stupst mich sanft an. Zuerst war ich mir nicht sicher, ob es eine so gute Idee war, sie mitzunehmen. Wenn Claire aber ihren Schmollmund und den Augenaufschlag einsetzt, ist es verdammt schwierig, nein zu sagen.

»Er hat doch gesagt, dass er nachher kommt. Dann kannst du ihn fragen.«

Sie schafft es tatsächlich, mich mit ihrem Lächeln und den lieben Worten abzulenken. Wenn auch nur für eine kleine Weile. Wir suchen uns zwei Barhocker im hinteren Bereich, wo ich mir die Männer am Billardtisch ansehe. Heute hätte ich leichtes Spiel gehabt, aber mir ist nicht nach einer Partie zumute, und meine Konzentration wandert auch immer wieder auf und davon. Alle paar Minuten schaue ich zum Eingang ... zur Bar ... zu Ryan ...

»Er wird nicht früher hier auftauchen, weil du die Tür fixierst, weißt du?«

Claire lächelt mich an. Auf der Fahrt hierher hat sie unzählige Fragen über den Tag mit Jared in Oceanside gestellt. Und obwohl ich anfangs so getan habe, als wolle ich nicht sofort alles erzählen, habe ich doch nur darauf gewartet. Einige Details habe ich natürlich unterschlagen Zumindest so lang, bis Jared und ich geklärt haben, was das mit uns eigentlich ist. Vor einigen Stunden hätte ich ohne Zweifel gesagt, mit uns beiden, das kann was werden. Aber jetzt bin ich mir da gar nicht mehr so sicher. Er hat bestimmt seine Gründe. Das Gefühl, aus seinem Leben ausgeschlossen zu werden, fühlt sich dennoch unangenehm an. Jedes Mal, wenn Ryan meinen Blick auffängt, schenkt er mir ein beruhigendes Lächeln, als würde es mir helfen, mich zu entspannen.

»Ryan ist ziemlich heiß.«

Claire folgt meinem Blick, und kurz bin ich mir nicht sicher, ob sie mich ablenken will oder ob sie mir nur ihre Meinung über den Mechaniker an der Bar mitteilt. Ein Seitenblick reicht, um zu erahnen, dass sie ihn tatsächlich höchst interessant findet.

»Claire ... glaub mir, der ist nicht der Richtige für dich.«

Dabei kenne ich Ryan nicht mal im Ansatz gut genug, um das beurteilen zu können, aber die Vorstellung von illegalen Autorennen will mir nicht so recht gefallen. Schon gar nicht, wenn sich meine Zimmergenossin für einen der Fahrer interessiert.

»Ich habe doch nur gesagt, dass er heiß ist.«

Claire sieht mich fast etwas verletzt an, und ich atme tief durch.

»Sorry. Ich sollte meine Laune nicht an dir auslassen. Es tut mir leid. Ryan scheint ein netter Kerl zu sein.«

Mein Lächeln ist ehrlich, und Claire nickt langsam.

»Ich will ihn doch nur aus der Ferne beobachten. Ansprechen würde ich ihn nie.«

»Ich kann euch miteinander bekannt machen.«

»Was? Nein! Um Himmels willen! Ehrlich, Lynn ...«

»Okay, okay. Aber solltest du deine Meinung ändern ... ich weiß, wo ich ihn finden kann. Oder wenn dein imaginäres Auto mal eine Panne hat.«

Ich zwinkere ihr zu, und sie lächelt verschüchtert über den Rand ihres Glases zu mir her. Dann verändert sich ihr Blick schlagartig, und mein Herz macht einen Satz.

»Na, wie sieht es aus? Lust auf ein Spiel?«

Trevor taucht neben mir auf, und mein Herz beruhigt sich wieder. Falscher Alarm. Mit Sicherheit ist Myers bei mir kein Grund für einen beschleunigten Puls.

»Nein danke.«

»Habe gehört, deine Karre hat den Geist aufgegeben.«

Diese Bemerkung werde ich ganz sicher nicht mit einer Antwort würdigen. Claire sieht zwischen mir und Trevor hin und her. Der letzte Abend im Pub mit Jared und ihm hat wohl deutliche Spuren bei ihr hinterlassen.

»Ich habe Parker noch gar nicht gesehen.«

Er lehnt sich an die Wand neben mich und greift nach einem Queue, was ich wohl als Herausforderung auffassen soll.

»Kannst du nicht die anderen Gäste langweilen?«

»Du hast wohl keine Lust zu verlieren, hm?«

Er hält mir den Queue hin, aber ich schüttle nur den Kopf. Wenn meine Gedanken nicht voll und ganz beim Spiel sind, werde ich mir keine Blöße geben. Dabei könnte ich ihn leicht schlagen. Trevor ist ein ziemlich mieser Billardspieler.

»Ganz richtig. Ich mache mir schon in die Hosen vor Angst.«

Sarkasmus mag bei ihm nicht angebracht sein, weil man nie weiß, ob er es versteht, aber ich habe einfach keine Lust, mich noch länger mit ihm zu beschäftigen.

»Na dann …«

Er wirft mir einen letzten abfälligen Blick zu und verschwindet an den nächsten Tisch, wo er bereits ein neues Opfer entdeckt hat. Wieso Frauen auf Trevors »Charme« reinfallen, das ist mir ein Rätsel.

Claire tippt mich an und nickt in Richtung Tür. Sofort stellen sich meine Nackenhaare auf, und ein Propeller in meiner Magengegend droht abzuheben. Jared! Endlich! Er sieht aus wie immer: das schwarze T-Shirt, die Jeans, seine Boots. Äußerlich kann ich keine Veränderung feststellen. So gefällt er mir viel besser als in den Klamotten von meinem Dad, in denen er sich höchst unwohl gefühlt hat.

»Entschuldigst du mich eine Minute?«

Claire nickt.

»Na logo.«

»Wenn Trevor sich nähert, trete ihn ans Schienbein, okay?«

Damit gehe ich in Richtung Tresen.

»Hey.«

Ryan reicht Jared das Geschirrtuch und wirft mir einen kurzen Blick zu, bevor er schleunigst das Weite sucht. Ganz so, als wolle er nicht stören. Oder nicht zwischen die Fronten geraten. Noch bin ich mir da nicht sicher. Jared dreht sich zu mir, wirkt müde und genervt.

»Hi.«

Kurz warte ich, weil ich hoffe, er wird noch etwas mehr sagen, mich vielleicht darüber aufklären, wieso er sich nicht gemeldet hat. Aber Jared schweigt und sieht mich abwartend an.

»Was kann ich dir bringen?«

So ungefähr muss sich eine Vollbremsung ohne Airbag anfühlen. Von hundertachtzig auf null. Ohne Vorwarnung. Ich blinzele kurz, um sicherzugehen, dass es sich nicht um einen Traum handelt. Oder um einen Scherz, dessen Pointe ich verpasst habe. Noch immer steht Jared vor mir, stützt die Hände auf der Bar vor sich ab und mustert mich abwartend.

»Ist das alles?«

»Lynn, hier ist die Hölle los. Also, was willst du trinken?«

Falls er sich nicht bewusst ist, wie sehr mich seine Worte, seine Art und seine Haltung verletzen, dürfte mein Gesichtsausdruck ihn jetzt darüber aufklären. Fassungslos starre ich ihn an.

»Das war's also?«

Er zuckt die Schultern, als wisse er nicht, worüber ich sprechen würde, aber seine Augen verraten ihn. Dort spiegelt sich zu viel von dem wider, was er mit Mühe verbergen will. Sobald Jared mir näher als fünf Meter kommt, reagiert der Seismograf in meinem Inneren und deutet ein Beben an, das nicht unbemerkt bleiben kann. Ihm geht es nicht anders, das sehe ich.

»Okay, was habe ich verpasst?«

»Ich weiß nicht, was du meinst?«

»Erspar mir diesen Müll, Jared. Das habe ich nicht verdient.«

»Komm schon, Lynn, mach hier jetzt bitte keine Szene ...«

»Eine Szene? Ich mache eine Szene?!«

Er greift nach einem Glas und zapft Bier.

»Ich habe versucht, dich zu erreichen. Wo warst du?«

»Ich hatte eben viel um die Ohren.«

Unsere Blicke bohren sich ineinander. Wartend. Bedrohlich.

»Wenn es dir nichts ausmacht – manche Leute müssen für ihr Geld arbeiten.«

»Weißt du, was? Fick dich, Jared!«

So behandelt mich keiner! Auch er nicht. Ich bin niemand, den man mal eben so benutzt und dann wegwirft, wenn man ihn nicht mehr braucht. Ich marschiere zurück zu Claire, die die Szene mit großen Augen verfolgt hat.

»Lass uns hier verschwinden.«

»Was ist denn los?«

»Keine Ahnung. Parker scheint ein Arschloch zu sein.«

Ich will nach meiner Jacke greifen, als mir jemand einen Queue hinhält: Trevor. Sein breites Grinsen zündet in meinem Kopf eine Handgranate, die jeden Kontakt zum Gehirn zersprengt. Ich denke nicht mehr nach, als sich meine Hand um das Holz des Queues legt – und ich die Herausforderung annehme. Claire wirft mir einen warnenden Blick zu. Ja, sie hat recht. Es ist eine dumme Idee. Eine sehr dumme Idee. Und damit ist sie perfekt.

Trevor stößt an, und ich spüre Jareds Blick auf mir, der noch immer an der Bar beschäftigt ist. Dafür hat sich Ryan in unsere Ecke gestohlen und lehnt neben Claire an der Wand. So, als würde er die Rolle des Aufpassers übernehmen. Der Arme kennt mich nicht gut genug, um zu wissen, dass ich diese Art von Unterstützung nicht brauche. Habe ich nie gebraucht, werde ich nie brauchen. Trevor hat bei den ersten Stößen mehr Glück als Verstand und lächelt mich immer wieder stolz an, wenn er eine Kugel versenkt hat. Ich will ihm den Spaß gönnen, denn so wütend, wie ich im Moment bin … werde ich ihn nicht einfach nur schlagen, ich werde ihn vernichten! Er wird meine geballte Wut abbekommen. Er könnte mir eigentlich leidtun. Aber das tut er nicht. Nicht mal im Geringsten.

Kaum geht der nächste Stoß daneben, sondiert mein Blick den Tisch, die Position der Kugeln und die Möglichkeiten, die sich bieten. Es könnte über die Bande klappen. Ich beuge mich nach vorn, lege den Queue auf meine Finger und spiele den Stoß in meinem Kopf durch. Dabei wandert mein Blick zur Bar, wo Jared mit verschränkten Armen dasteht und mich fixiert.

Ich spüre Trevor viel zu dicht hinter mir. So dicht, dass ich ihn fast an meinem Hintern spüren kann. Selbst aus der Entfernung erahne ich, dass Jareds Körper sich anspannt. Es gefällt ihm nicht, was er hier sieht. Das ist gut so. Wütende Frauen denken nicht besonders viel nach, wenn sie wie wild um sich schlagen – emotional gesehen. Mein Blick fällt wieder auf die Kugel vor mir, ich hole aus und versenke sie wie gewollt über die Bande im oberen Loch.

»Nicht schlecht, Lynn.«

Trevor tätschelt mir den Rücken, knapp oberhalb meines Pos. Wenn er so weitermacht, werde ich ihn in die Schranken weisen müssen. Ja, ich will Jared ärgern, ihn zu einer Reaktion provozieren, aber Trevor soll es nicht übertreiben. Als ich mich wieder aufrichte, pralle ich gegen seine Brust. So nah hatte ich ihn nicht vermutet. Sein Arm legt sich um meine Hüfte, als er mir den Halt bietet, den ich kurz verloren hatte. Seine Lippen sind an meinem Ohr.

»Hoppla!«

Ich drehe mich, um ihn besser ansehen zu können, wenn

ich ihm meine Meinung ins Gesicht sage, aber sein Arm um meine Hüfte verhindert den nötigen Abstand.

»Trevor …«

Bevor er etwas erwidern kann, packt Jared ihn am Arm, zieht ihn wütend von mir weg und presst ihn gegen die Wand.

»Lass deine dreckigen Finger von ihr!«

Jareds Stimme ist ein drohendes Zischen, als er Trevor an der Wand festhält. Trevors Grinsen wird nur noch breiter.

»Oh, hey, hey, ganz ruhig, Parker! Alles easy.«

»Wenn du sie noch einmal anfasst …«

»Es sah nicht so aus, als wäre es ihr unangenehm.«

Sein Blick wandert zu mir, sein Grinsen durchwühlt meinen Magen. Als auch Jared zu mir sieht, ist mein Mund staubtrocken. Ich will etwas sagen, aber was? Jared ist wütend, es scheint nur noch ein Tropfen zu fehlen, um das Fass zum Überlaufen zu bringen. Er lockert den Griff an Trevors T-Shirt-Kragen und dreht sich zu mir.

»Ist das jetzt deine Masche, ja? Myers? Ist das dein Ernst, Lynn?«

Er macht einen Schritt auf mich zu, und eigentlich will ich ihn nur in den Arm nehmen. Irgendwas stimmt nicht mit ihm. Es tut mir weh, ihn so zu sehen. Das Gefühl, ihm helfen zu wollen, wird immer größer. Solange er sich aber nicht helfen lassen will …

»Du warst ja irre beschäftigt heute.«

Er holt Luft für eine Antwort, belässt es dann aber bei einem Kopfschütteln.

»Das ist *meine* Sache.«

»Klar. Erzähl mir dann aber nichts von Vertrauen.«

»Du verstehst das nicht.«

»Ganz richtig. Ich verstehe das nicht. Ich dachte, die Sache zwischen dir und mir ...«

Im letzten Moment unterbreche ich mich, weil mittlerweile schon zu viele Zuhörer an diesem Gespräch ihre Freude haben. Es geht sie nichts an, was zwischen Jared und mir passiert ist. Ich senke meine Stimme.

»... hätte dir auch etwas bedeutet.«

Ich hasse es, wenn Tränen sich einfach selbständig machen. Ich hasse es deswegen, weil ich nie vor anderen weinen wollte. Ich dachte, bei Jared wäre es okay. Aber so kühl, wie er mir jetzt gegenübersteht, bin ich mir nicht mal sicher, ob es noch der gleiche Mann ist, der mich im Stadion meiner Heimatstadt in den Arm genommen hat.

»Spielen wir hier oder was?«

Trevor will nach meinem Arm greifen, aber Jared vereitelt den Versuch, indem er mich wegschiebt, bis ich gegen einen Barhocker pralle.

»Geh nach Hause, Lynn!«

»Lass mich los, Jared!«

Er tut, was ich von ihm verlange. Dabei hebt er die Hände, als würde er sich ergeben.

»Du und ich, das hätte sowieso niemals funktioniert.«

Dieser Satz schlägt in meinen Unterleib wie eine Abrissbirne und hinterlässt neben einem großen Loch auch noch ein Trümmerfeld an Gefühlen. Das kann er nicht so meinen! Das muss er zurücknehmen. Weil wir funktioniert hätten, wenn er doch nur ...

»Einen schönen Abend noch, *Miss Preston*.«

Damit lässt er mich einfach stehen. Ich bin demaskiert.

Vor Trevor Myers. Vor Claire LaMotte. Vor allen anderen. Er hat die Information, die nur er wusste, gegen mich verwendet. Trevor tritt neben mich und beobachtet ebenfalls, wie Jared wütend die Kneipe verlässt. Das Atmen fällt mir plötzlich unglaublich schwer, als hätte ich ein Loch in der Lunge.

»Preston? Wovon redet der Typ?«

Claire greift nach meinem Arm, und zum ersten Mal erkenne ich etwas in ihrem Blick, das mir nicht gefällt. Etwas, das ich in mir fühle.

»Was sollte das denn?«

Sie macht eine Kopfbewegung in Richtung Trevor. Ich würde so gern die Wahrheit sagen. Zugeben, dass ich es selbst nicht weiß, dass ich nur eine Reaktion von Jared erzwingen wollte. Weil ich mich in ihn verliebt habe und das hier alles nicht passieren darf. Jetzt ist es aber schon passiert, und es tut weh, so behandelt zu werden. Doch stattdessen zucke ich nur die Schultern.

»Lass uns nach Hause fahren.«

Während der Fahrt sprechen wir so gut wie kein Wort. Ich starre auf die Straße, und Claire sieht aus dem Fenster in die Nacht, die an uns vorbeirauscht. So hatte ich mir den Abend ganz sicher nicht vorgestellt. Es kostet mich viel Kraft, nicht zu weinen. Kurz vor dem College dreht sich meine Beifahrerin schließlich doch mir zu.

»Das war nicht fair, Lynn.«

»Wie bitte?«

»Du warst nie wie die anderen. Du hast das alles doch gar

nicht nötig gehabt. Sarah, die hätte so eine Nummer mit Trevor abgezogen. Aber du?«

Ich bin zu müde, um mich mit ihr zu streiten. Vor allem weiß ich aber, dass sie recht hat.

»Ich weiß wirklich nicht, was zwischen euch beiden los ist. Aber wie Parker dich angesehen hat, als du mit Trevor am Tisch … *gespielt* hast … das war deutlich.«

War es das?

»Heute, im Studentenheim, habe ich dich zum ersten Mal richtig lachen hören. Du warst so anders. Du warst so, wie … eine fröhliche Version von der Lynn, mit der ich mir das Zimmer teile. Und weißt du, was? Ich mochte diese fröhliche Lynn!«

Claire gibt sich Mühe, streng zu klingen und nicht zuzugeben, dass sie ein bisschen unsicher ist, wie ich reagieren werde.

»Und ich glaube, das lag an Jared. Seit du aus Oceanside zurückgekommen bist, warst du wie ausgewechselt. Aber das heute Abend, das war eine ganz fiese Version von dir.«

»Claire, Parker hat so getan, als ob wir beide gar nicht … als hätte ich mir das alles nur eingebildet.«

»Dann rede mit ihm!«

»Er will nicht mit mir reden.«

Das ist die Wahrheit. Er *will* es nicht. Er ist so kühl zu mir, damit ich nicht mehr frage und ihn in Ruhe lasse. Als ich den Motor abstelle, sieht Claire kurz zu dem Gebäude vor uns, bevor sie sich wieder zu mir dreht.

»Nach allem, was du mir erzählt hast, wolltest du auch nicht mit ihm reden. Er hat trotzdem nicht lockergelassen.«

Damit öffnet sie die Autotür und steigt aus. Sie wartet. Ich halte das Lenkrad noch immer umklammert und starre auf das Armaturenbrett.

»Lynn? Kommst du?«

»Ich komme nach.«

Claire nickt und schließt leise die Autotür. Sie hat recht. Ich habe Jared weggeschubst. Immer und immer wieder. Wann immer er mir helfen konnte, hat er es getan. Dadurch hat er mein Vertrauen gewonnen. Es wäre so einfach, jetzt auszusteigen und ihn keines Blickes mehr zu würdigen. Theoretisch. Denn wenn man verliebt ist, fallen alle Schritte in eine andere Richtung unendlich schwer. Deswegen musste ich mehr Kraft aufbringen, um auf das Gaspedal zu treten. Der Abstand zwischen uns brennt jetzt schon wie eine offene Wunde. *Verliebt …*

Ich greife nach dem Zündschlüssel, sobald ich Claires Schatten im Inneren des Wohnheims verschwinden sehe, und starte den Motor. Einen Versuch habe ich noch. *Make it count …*

Kapitel 15

Der Name »Parker« steht auf dem Klingelschild neben der Tür. Manchmal lohnt es sich eben doch, aufmerksam zuzuhören, wenn andere Kneipenbesucher sich am Nebentisch unterhalten, auch wenn es sich dabei um Sarah McKenzie und ihre Clique handelt. Es ist schon eine ganze Weile her, als sie darüber philosophierten, ob Jared gerade eine Freundin hätte. Sarah meinte zu wissen, dass er zumindest eine Bettgeschichte mit einer der Studentinnen aus dem letzten Semester hatte. Sie hätte gesehen, wie er zusammen mit einer blonden Tussi dort reingegangen sei, als Sarah einen Film ausgeliehen hat. Jared würde über dem Videoladen wohnen, wo auch die Spielautomaten wären. An der Ecke zu *Paddy's Tavern*. Nun, zu meiner Schande muss ich gestehen: Ich kenne *Paddy's Tavern* nur zu gut, weil ich dort beim Billard gegen einen Iren gewonnen habe, der vor lauter Wut die halbe Einrichtung auseinandergenommen hat. Daraufhin habe ich mein Revier verlegt. Ins *Red Lion Pub*.

Sarah hat diesmal also nicht gelogen. Zumindest nicht, was die Adresse angeht. Parker wohnt hier. Ich drücke auf die Klingel und warte. Keine Ahnung, was ich sagen soll, wie ich erklären will, dass ich hier bin. Woher ich seine Adresse habe. Als der Summer ertönt und keine Erklärung notwendig ist, schiebe ich die Tür überrascht auf. Das war leichter, als ich angenommen habe.

Dass diese Aktion keine einfache Kiste wird, wird mir klar, als ich die letzten Stufen in den zweiten Stock nach oben steige und Jared in der geöffneten Tür lehnt. Sein Gesicht zeigt nur die Überraschung, mich zu sehen. Keine Freude.

»Lynn ...?«

»Oh, gut, du erinnerst dich also noch an mich.«

Er sieht mich verwirrt an.

»Was? Glaubst du, nur du kannst rausfinden, wo Leute wohnen?«

Ich bleibe auf der anderen Seite des Flures stehen und betrachte ihn genauer. Er ist barfuß, trägt Jeans und ein weißes Unterhemd. Mit meinem Besuch hat er ganz offensichtlich nicht gerechnet. Sein leerer Blick trifft meinen.

»Ich dachte, du wärst der Pizzaservice.«

Kurz fährt er sich mit der Hand über das Gesicht, als würde ich verschwinden, wenn er wieder zu mir sieht. Da irrt er sich. Es wird Zeit für ein paar Antworten.

»Was machst du hier, Lynn?«

»Wir müssen reden.«

»Ich denke nicht, dass wir ...«

Ich ignoriere seinen Einwand und spreche einfach weiter.

»Ich habe dich angerufen. Ich habe auf deine Mailbox gesprochen.«

Er nickt.

»Weiß ich.«

Das Gefühl in meinem Magen will sich im Rest meines Körpers ausbreiten, und ich habe Mühe, es zurückzudrängen. Nein! Nein, ich habe keinen Fehler gemacht. Jared ist kein Fehler gewesen, seine Worte waren keine leeren Versprechungen. Das kann nicht sein, dafür klangen sie zu ehrlich. Es gibt eine einfache Erklärung für alles – und er wird sie mir gleich liefern.

»Was ist los, Jared?«

Die anfängliche Wut in meiner Stimme ist verschwunden, und das Echo meiner Worte verrät die Sorge und Unsicherheit.

»Lynn ... lass es bleiben.«

Aber so leicht wird er mich nicht los. Ich mache einen Schritt auf ihn zu und sehe, wie er zusammenzuckt. Als hätte er Angst, dass ich ihn berühren könnte. Dabei will ich nichts mehr, als genau das: ihn berühren und mich versichern, dass er noch da ist. Er soll mich nicht so behandeln wie die Sarah McKenzies dieser Welt. Mich wegschieben, als wäre ich lästig. Nicht nach gestern. Nicht nach heute. Nicht jetzt.

»Du willst nicht darüber reden, okay. Aber tu nicht so, als würde ich nicht existieren.«

Noch einen Schritt gehe ich auf ihn zu, diesmal bleibt er wie angewurzelt stehen. Ich strecke meine Hand nach seiner aus.

»Lass mich zumindest an dich ran. Bitte.«

Vor einigen Tagen wären diese Worte nicht über meine Lippen gekommen. Ich hätte niemals um Nähe gebeten. Seine Hand fühlt sich leblos und schlaff in meiner an. Keine Reaktion.

»Nichts für ungut, Lynn, aber ich brauche dich nicht.«

Worte, die mir Angst machen. Seine Worte. Worte, die mich an allem zweifeln lassen, was er noch vor kurzem zu mir gesagt hat. Er braucht mich nicht? Er *will* sich nicht eingestehen, dass er mich vielleicht doch braucht.

»Es gibt so vieles, das du nicht verstehst.«

Ich spüre, wie schwer es ihm fällt, so nah bei mir zu stehen – und so kühl zu klingen.

»Du hättest mit mir reden sollen. Weißt du, Jared, manchmal reicht es, wenn man jemanden hat, der zuhört.«

Ich schenke ihm ein kleines Lächeln, hoffe, die Erinnerung an unser Gespräch im Stadion in Oceanside zu wecken; aber seine Augen sind leer, das Blau wirkt eher wie ein mattes Grau.

»Nur, wenn der Zuhörer versteht. Geh, Lynn … bitte.«

Das Wort »bitte« kostet ihn Kraft, auch wenn es nur ein Flüstern ist. Er will mich nicht hier haben. Ich verstehe nicht, wieso. Auf meine Fragen bekomme ich keine Antworten, aber ich weiß, dass er sich irrt. So gewaltig, dass ich ihm am liebsten eine Ohrfeige verpassen will.

»Du kannst mich so viel schubsen, wie du willst. Ich werde nicht gehen.«

»Doch. Doch, geh lieber … bevor ich etwas sage, das mir leidtut.«

Er vergisst einen wesentlichen Teil unserer Geschichte. Den Grund, warum wir uns überhaupt so nahegekommen sind.

»Du denkst, was auch immer es ist, du kannst es mir nicht sagen. Dabei solltest du wissen, dass gerade ich dich verstehen könnte …«

Jared schüttelt energisch den Kopf. Meine Worte scheinen ihn wütend zu machen, dabei will ich ihm nur helfen. So, wie er mir geholfen hat.

»Nein, gerade Leute wie *du* verstehen es nicht! Dartmouth, Kensington, Boston Bay, Stanford.«

Das Aufzählen von Elite-Universitäten und Colleges erleichtert diese Unterhaltung nicht im Geringsten. Dieses kryptische Gerede macht mich wahnsinnig. Wahnsinnig wütend!

»Sag, was du zu sagen hast, verdammt noch mal!«

Jetzt ist es meine Stimme, die im Hausflur viel zu laut widerhallt. Ein Funkeln blitzt durch Jareds leere Augen.

»Wenn man alle Chancen hat, dann ist es leicht, so zu reden, oder?«

»Es ist wohl kaum meine Schuld, dass du nicht auf dem College bist, oder?«

Denn genau *das* scheint ihn zu ärgern. Für mich spielt es keine Rolle. Jeder Mensch kann sein Leben so führen, wie er es will. Außerdem habe ich bei Jared nicht den Eindruck gehabt, er wollte unbedingt auf eine dieser Universitäten gehen.

»Nein, natürlich nicht. Aber du weißt auch nicht, wie es ist, wenn einem die Chance auf eine gute Zukunft genommen wurde, oder?«

Er macht einen Schritt auf mich zu, starrt mich an, als wäre *ich* das eigentliche Problem. Was ist nur aus dem Jared geworden, der mit mir in Oceanside war?

»Das mag sein, aber ich habe dir diese Chance nicht genommen.«

»Es geht nicht um mich, verdammt noch mal!«

Er schreit mich an, und ich zucke erschrocken zusammen, was Jared nicht mal aufzufallen scheint. Mein Herz hämmert gegen meine Brust, als er weiter auf mich zukommt und ich den Impuls spüre, ihm ausweichen zu wollen.

»Weißt du, wie es ist, wenn du jeden Tag aufwachst und

dich fragst, wie das Leben wohl hätte aussehen können, wenn gewisse Dinge anders gelaufen wären? Wenn du nicht so verdammt bescheuert gewesen wärst?«

Obwohl er mich anschreit und sich vor mir aufbaut, als wäre ich der Feind in dieser Geschichte, bleibe ich nach außen erstaunlich gefasst. Nur die Tränen, die sich in meinen Augen sammeln, wollen mich verraten.

»Ja.«

»Nein, verdammt! Das weißt du nicht! Simon ist tot! Das kannst du nicht mehr ändern. Er ist nicht mehr da und kann nichts mehr bereuen!«

Jared schlägt mit der Faust gegen die Wand neben uns, und ein leises Knacken deutet an, dass er diesen Gefühlsausbruch sehr bald bedauern wird. Ich sehe ihn erschrocken an.

»Das ist nicht fair! Weil er sein Leben hätte leben sollen, wie er es verdient hat! Und nicht ... so.«

Die Energie scheint aus Jareds Körper zu entweichen, als hätte man einen Stecker gezogen. Er sieht mich einfach nur an. Der Schmerz in seinem Blick lässt mich seine Worte vergessen. Ich greife zögernd nach seiner Hand, die höllisch schmerzen muss, und ziehe ihn vorsichtig zu mir. Über wen spricht er hier?

»Was ist passiert?«

»Du denkst, dass du alles weißt, Lynn. Oder? Du denkst, weil Simon nicht mehr da ist, musst du jetzt mich retten.«

Ich schüttle leicht den Kopf.

»Ich will niemanden retten. Ich will nur für dich da sein.«

Jared sieht mich verwirrt an. Aber ich denke, er versteht viel besser, als er zugeben will.

»Irgendwann wirst du Simon vergessen. Und dann tut alles nicht mehr so weh. Ich werde aber jeden Tag daran erinnert.«

»Ich werde Simon niemals vergessen.«

»Dein Daddy hat recht. Ich bin nicht gut genug für dich.«

»Das entscheidet nicht mein Vater für mich.«

»Nein. Das entscheide ich für dich. Ich will, dass du jetzt gehst.«

Er entzieht sich meinem Versuch einer Umarmung und macht entschlossen einen Schritt von mir weg. Fassungslos starre ich ihn an.

»Ist das so!? Du entscheidest das also!?«

Er nickt und wirkt matt, müde, erschlagen.

»So einfach ist das nicht, Parker! Du hast mir gesagt, dass ich loslassen soll. Dass das Leben weitergeht. Und jetzt sieh dich an. Du bemitleidest dich selbst, während du alle um dich herum verfluchst.«

»Du hast keine Ahnung!«

»Dann sprich mit mir, verdammt noch mal!«

»Was willst du denn hören? Dass mein Bruder im Knast sitzt? Dass er immer noch sechs verfluchte Monate hat, weil sie ihm die frühzeitige Entlassung verweigern?«

Mit jedem Wort wird der Schmerz in seiner Stimme deutlicher. Die Wut, die Hilflosigkeit …

»Weißt du, wie sich das anfühlt? Zu wissen, dass er in sechs Monaten vor einem Scherbenhaufen steht, der mal sein Leben war?«

»Aber vielleicht …«

»Nein! Ich habe keinen Daddy, der Senator ist und die Dinge hinbiegen kann. Ich habe kein schickes Haus, in dem es vier Gästezimmer gibt! Jason wird rauskommen und vor dem Nichts stehen. Weißt du, wie man mit Menschen umgeht, die unehrenhaft aus der Army entlassen worden sind?«

Natürlich weiß ich das nicht, weil ich mir über solche Dinge nie Gedanken gemacht habe. Vielleicht bin ich naiv, aber jeder Mensch verdient eine zweite Chance – und egal, was Jason gemacht hat, er hat seine Strafe abgesessen. Jared lacht bitter auf.

»Natürlich nicht! In der perfekten Welt von Oceanside gibt es solche Sorgen nicht!«

Perfekte Welt? Macht er sich über mich lustig? Über das, was ich ihm erzählt und anvertraut habe?

»Lynn Preston – entschuldige! – *Chase* fängt einfach ein neues Leben an. An einem schicken College!«

»Du bist so ein Arschloch, Parker.«

»Damit hast du verdammt recht.«

Obwohl meine Beine sich unsicher anfühlen, gehe ich langsam in Richtung Treppe, bevor die Tränen über meine Wangen rollen und er sieht, wie sehr er mich mit seinen Worten verletzt hat. Bevor ich die erste Stufe betrete, drehe ich mich noch einmal zu ihm um. Ich weiß, dass unter der Wut und dem Schmerz *der* Jared steckt, den ich habe kennenlernen dürfen. Den ich nicht so einfach aufgeben will.

»Weißt du, du bist richtig gut darin, anderen den Mut zum Aufstehen zu geben. Den Mut, etwas loszulassen. Schade, dass du dir selbst dabei nie zugehört hast.«

»Das ist was anderes.«

»Ist es nicht! Dein Bruder wird deine Hilfe brauchen, um sein Leben wieder auf die Reihe zu kriegen.«

»Mein Bruder ... ist ein Idiot. Er hätte das niemals tun dürfen. Für ihn wäre alles gut gelaufen. Wenn er nicht ...«

Jareds Augen schimmern verdächtig. Ich bleibe stehen und sehe ihn zwischen den Streben des Treppengeländers hindurch an.

»Ich hätte …«

Die Worte wollen ihm nicht über die Lippen kommen, und allmählich glaube ich, ihn zu verstehen. Es geht nicht um das, was Jason getan hat. Jared rutscht an der Wand entlang auf den Boden.

»*Ich* hätte ins Gefängnis gehen sollen. Nicht er. Es war meine Schuld. Jason war zu Besuch, wir hatten Semesterferien. Mein Kumpel sagte, wir sollten zusammen rumfahren. Zur Tankstelle. Ich wusste nicht, dass er eine Waffe hatte.«

Ob Jared noch mit mir spricht oder mit sich selbst, das kann ich nicht genau sagen, aber ich komme wieder auf ihn zu. Als ich vor ihm stehen bleibe, sieht er mich an.

»Ist es das, was du hören wolltest? Dass *ich* vor den Bullen abgehauen bin? Und Jason gesagt hat, *er* wäre es gewesen?«

Wenn auch noch nicht alles einen Sinn ergibt, kann ich ihn jetzt besser verstehen, als er denkt. Zu genau erinnere ich mich an all die Gedanken, die mich nach Simons Tod beschäftigt haben. Die Selbstvorwürfe, die Wut über mich selbst, die große Frage: Warum? Ich gehe vor Jared in die Hocke, lasse ihn keine Sekunde aus den Augen und hoffe, dass er mich nicht wieder wegstößt.

»Weil er nicht wollte, dass sie mich einbuchten. Weil das College dann für mich futsch gewesen wäre. Wieso hat er nicht daran gedacht, was aus ihm wird? So ein verdammter Idiot! Immer musste er mich beschützen.«

Er sieht mich mit einem traurigen Lächeln an.

»Früher vor Pa und seinen Wutausbrüchen, dann vor den

älteren Jungs. Sogar als ich mein Leben irgendwie im Griff hatte, musste er ... weil ich aus Colby rauskommen sollte. Mein Pa war immer sehr stolz auf Jason. Bei uns hängen überall Fotos von ihm in Uniform. Es bedeutet sehr viel, einen Sohn in West Point zu haben. Das ganze Städtchen war stolz auf ihn. Ich hingegen war nur auf dem Boston Bay College.«

Jared schüttelt den Kopf, als könne er noch immer nicht verstehen, was damals so furchtbar schiefgegangen ist.

»Und dann, einfach so, stellt er sich vor mich und sagt dem Officer, dass *er* gefahren sei. Dass ich nicht dabei gewesen wäre, als das in der Tankstelle passiert ist. Oder als mein Kumpel wie bescheuert rumgeballert hat.«

Auch wenn ich noch immer nicht sicher bin, was damals vorgefallen ist, reicht ein Blick in Jareds Augen, um zu verstehen, dass er das alles nicht gewollt oder geplant hatte. Ich sehe den verängstigten jungen Mann von damals, der mit allem überfordert war. Er schüttelt erneut den Kopf.

»Was, zum Teufel, hat er sich dabei gedacht?«

Er sieht mich an, als ob ich die Antwort auf die Frage wüsste. Vielleicht tue ich das sogar.

»Manchmal tun Menschen, die uns sehr lieben, Dinge, die wir nicht verstehen können.«

Es sind seine Worte. Ich hoffe nur, dass er sie diesmal hört.

»Aber ...«

»Nein, Jared. Jason hat das getan, weil er dich beschützen wollte. Wie Simon mich beschützt hat. Wieso bist du nicht zurück ans College?«

»Weil ich ...«

Ich kenne die Antwort auf die Frage. Aus dem gleichen Grund, aus dem ich alles, was Freude und Spaß macht, ausgeblendet habe. Schuld ist ein mächtiges Gefühl. Sich allein dagegenzustemmen, das kostet Kraft. Kraft, die er nicht zu haben scheint.

»Wieso hast du mir das nicht gesagt? Ich meine, ich habe dir alles über Simon erzählt.«

»Ich wollte es dir sagen. In Oceanside. So oft. Aber dann dachte ich, du kommst aus einer anderen Welt. Boote, schicke Restaurants, tolle Häuser. Meine Familie ist völlig anders. Ich hatte keine Chance. Ich dachte, wenn du mich so siehst, dann ...«

Er schaut weg, aber ich greife nach seinem Kinn und zwinge ihn sanft, mich wieder anzusehen. Auf meinen Lippen liegt ein liebevolles Lächeln.

»Ich sehe dich so viel klarer, als du denkst.«

Jared greift nach meiner Hand und zieht mich ein Stück an sich heran. So weit, dass ich meine Arme um seinen Hals legen kann. Er lässt es geschehen, und ich küsse seine Wange.

»Wir sind beide kaputt. Das ist okay.«

Ich spüre, wie er mich fester an sich drückt, und bin unendlich erleichtert. Nicht nur, weil er mich hier im Hausflur in seinen Armen hält, sondern weil ich weiß, wie gut es sich anfühlt, nicht mehr allein sein zu müssen. Wenn ich für Jared ein kleines bisschen das sein kann, was er für mich war, würde mich das sehr freuen. Er schiebt mich ein wenig von sich, nur so weit, um mich besser ansehen zu können.

»Ich habe dich unterschätzt, Lynn. Ich dachte wirklich, du würdest gehen ...«

Energisch schüttle ich den Kopf. Niemand, der Jared einmal so nah an sich rangelassen hat, würde ihn wieder gehen lassen. Niemand, der bei klarem Verstand ist.

»Es ist nicht so einfach, zu gehen, wenn man sich verliebt hat.«

Mit dem Handrücken streicht er über meine Wange, und ich schließe für einen Moment die Augen. Ganz gleich, welche Teile in unserem Inneren zersplittert sind – wenn wir zusammen sind, fühlt es sich nicht so an, als wären wir zerbrochen. Ganz im Gegenteil. Ich spüre Jareds Lippen sanft auf meinen.

»Dann geh nicht mehr weg …«

Er flüstert es gegen meine Haut, als ich die Augen öffne und mir sicher bin, dass es einen Grund gibt, wieso ausgerechnet *er* in mein Leben gestolpert ist. Wieso ich von allen Pubs in dieser Stadt in seinem Revier gelandet bin.

Langsam schüttle ich den Kopf und stehe mit ihm gemeinsam auf. Noch immer hält er mich in den Armen und sieht mich zärtlich an.

»Ob Chase oder Preston … ich liebe dich, Lynn!«

Der folgende Kuss lässt keinen Zweifel an seinen Gefühlen für mich. Ganz ohne Kraftanstrengung hebt er mich hoch, und ich schlinge meine Beine um seine Hüften. Ich kann nicht sagen, wie seine Wohnung aussieht, ob wir die Tür hinter uns geschlossen haben oder wie wir in seinem Schlafzimmer gelandet sind. Ich spüre nur noch seine Haut, seine Küsse, seine Berührungen. Ich spüre, wie ich ihn küsse und langsam ausziehe, wie ich jeden Zentimeter seinen Körpers küsse, wie ich mir dabei Zeit lasse. Seine Hände auf meinem Körper fühlen sich an, als wären sie nur für diesen Zweck gemacht worden. Er liest meinen Körper wie eine Landkarte, er weiß genau, was ich mir erhoffe, wo ich mir seine Berührungen wünsche. Er ist mir so vertraut, ein Gefühl, das mir früher Angst gemacht hätte, mich jetzt aber entspannen und genießen lässt.

Ich spüre Jareds flachen Atem auf meiner Haut und seine Arme, die mich halten. Ich bewege mich. Langsam. Weil ich alles fühlen will. Jeden Augenblick. Jeden Zentimeter seiner Haut. Meine Brüste pressen sich gegen seinen Brustkorb, und seine Muskeln stemmen sich gegen meinen. Näher können wir uns nicht kommen. Ich spüre ihn tief in mir, seine Zunge in meinem Mund. Er füllt mich aus. Voll und ganz. Uns trennt nur noch eine dünne Schweißschicht. Jareds Lippen sind warm, seine Zunge schmeckt noch nach Bier. Ich sitze auf ihm, schlinge meine Beine um sein Becken. Seine Hände gleiten zu meiner Hüfte. Er dringt mit Leichtigkeit in mich, seine Härte dehnt mich aus. Ich kann nicht mehr sagen, wo er aufhört und ich anfange. Es fühlt sich an, als wären wir eins. Alles in mir zittert. Meine Muskeln zucken aufgeregt. Ich lege meine Arme um seinen Nacken und öffne die Augen. Ich will ihn ansehen, wenn ich komme, will ihm in die Augen sehen. Mich durchströmt die Intensität, ihn zu spüren, mich zu spüren. Dieses Mal ist es anders. Zärtlicher, zurückhaltender. Seine Hände auf meiner Haut, dieser brennende Blick in seinen Augen, der angespannte Ausdruck in seinem Gesicht. Ich sehe mich durch ihn, als würde er meinen Ausdruck in seinem widerspiegeln. Alles in mir kribbelt. Mein Atem zittert, wird zum Stöhnen und bebt durch jede Zelle. Ich halte mich an ihm fest und sehe ihn an, während mein Körper zu schweben scheint. Jared atmet schwerer. Er wird jeden Moment kommen, ich sehe es in seinen Augen.

Ich erkenne die Wucht, die in seinen Tiefen auf ihre Detonation wartet. Ich bemerke es an seinem Griff, der noch fester wird, an seinen Händen, die mich führen. Jeden Augenblick! Ich kann es kaum noch aushalten, will atmen, bekomme aber kaum noch Luft. Und dann der Augenblick der Erlösung. Der Kapitulation. Ich atme scharf ein und erstarre auf ihm. Ich spüre das Pulsieren, wie sich mein Körper saugend um seinen legt. Wir sehen einander noch immer an. Atemlos. Schweißperlen glänzen auf seiner Stirn. Der Ausdruck in seinen eisblauen Augen ist voller Anspannung, sein Gesicht wie eingefroren. Dann atmet er langsam aus .... und das Lächeln, das sich auf seine Lippen legt, wandert auf meine. Ich lasse meinen Kopf an seine Schulter sinken, spüre seinen schnellen Herzschlag und genieße die Nähe, die uns auf so wundervolle Art und Weise verbindet.

Die Sonne fällt durch die halb geöffneten Rollläden und zaubert Schattenmotive an Wand und Decke. Ich liege auf Jareds Brust und küsse meinen Weg von seinem Schlüsselbein zu seinen Lippen. Lächelnde Lippen empfangen mich. Es gibt einen Gefallen, um den ich ihn gern bitten würde. Nur weiß ich nicht so recht, wie ich es ausdrücken soll.

»Was ist los, Lynn?«

»Nichts. Ich dachte nur ...«

»Hm?«

Meine Hand streichelt seine Brust, dort, wo sein Herz schlägt.

»Nächsten Monat hat Simon Geburtstag, und ich wollte fragen ...«

Manche Rituale aufzugeben, dazu bin ich noch nicht bereit. Ich möchte ihnen nur eine neue Bedeutung geben.

»Ich komme sehr gern mit. Wenn es das ist, was du fragen möchtest.«

»Danke.«

Ich küsse ihn erneut und drücke meine Wange an seinen Hals. Gedankenverloren spiele ich mit der Erkennungsmarke, die er immer trägt. Gestern Nacht hat mir Jared die ganze Geschichte von Jason erzählt. Noch ergibt nicht alles einen Sinn, aber ich hoffe, in der Zukunft mehr und mehr Puzzleteile aus Jareds Leben zu hören und dann das Gesamtbild seines Lebens betrachten zu können. Ich möchte alles über ihn erfahren, die dunklen Geheimnisse und auch die peinlichen Anekdoten. Alles. Geheimnisse, das haben wir beide gelernt, machen uns vielleicht weniger verwundbar, aber auch sehr einsam.

»Wann hast du Jason das letzte Mal besucht?«

Eine Frage, die mir nicht mehr aus dem Kopf gehen will. Ich frage mich, wie es zwischen den beiden Brüdern aussieht. Wie eng ihre Verbindung noch immer ist. Seit knapp zwei Jahren ist Jason in einem Gefängnis in Topeka und wartet auf das Jahresende, wenn er endlich in die Freiheit entlassen wird.

»Gar nicht.«

»Was?«

Überrascht setze ich mich im Bett auf und sehe Jared verwirrt an.

»Ich kann nicht.«

»Aber Jason würde es sicher viel bedeuten, dich zu sehen.«

»Ich weiß. Aber jedes Mal, wenn ich mich in den Wagen setze und es mir vornehme, kann ich es nicht.«

»Schreibt ihr euch wenigstens?«

Jared nickt und deutet auf den Schreibtisch, der neben dem Fenster an der Wand steht. Dort stapeln sich einige Briefe, ein gerahmtes Foto steht daneben. Ich klettere über Jareds Körper hinweg aus dem Bett, um mir das Foto genauer anzusehen. *Jason und Jared …*

»Hübsche Jungs.«

Jared grinst.

»Danke. Gute Gene.«

Das Foto muss schon älter sein, denn Jared wirkt um einiges jünger. Sie sehen sich sehr ähnlich. Jason trägt eine schmucke Uniform und strahlt stolz in die Kamera, während Jareds Blick voller Bewunderung an seinem Bruder hängt.

»Er fehlt dir.«

Jared rollt sich auf die Seite, stützt sich auf seinen Ellbogen und sieht zu mir. Das Vermissen ist ein unterschätztes Gefühl. Es ist hart, wenn jemand nicht mehr da ist und man sich um die letzte Chance betrogen fühlt.

»Sehr.«

Jared muss und darf es nicht so weit kommen lassen. Vorsichtig stelle ich das Foto wieder an seinen Platz auf dem Schreibtisch und fange an, meine Kleidung vom Boden aufzusammeln. Sein Blick folgt jeder meiner Bewegungen. Mit zusammengezogenen Augenbrauen sieht er mich an.

»Du kannst doch zum Frühstück bleiben.«

Entschlossen schüttle ich den Kopf.

»Keine Zeit, wir essen unterwegs.«

»Unterwegs? Ich dachte, wir …«

Ich werfe ihm sein T-Shirt zu und bringe ihn mit einem Volltreffer im Gesicht zum Schweigen.

»Los! Anziehen, Parker. Wir haben eine lange Fahrt vor uns.«

Er versteht und sieht mich mit einem dieser Blicke an, die mir das Herz brechen. Wenn man allein nicht die Kraft hat, um sich so manchen Roadtrips zu stellen, dann hilft jemand, der mitkommt; der einem die Hand hält, den Radiosender neu einstellt und einfach dabei ist. Während Jared in sein T-Shirt schlüpft, ziehe ich die Jeans an und betrachte ihn einen kurzen Moment: Jared, mit seinen zerzausten Haaren, dem Dreitagebart und diesen blauen Augen, die mich mit einer Leichtigkeit durchschaut haben, als ich dachte, nur noch aus einer Hülle zu bestehen. Gibt es das wirklich? Diesen einen Menschen, der all unsere zerbrochenen Teile wieder zusammensetzen kann? Ich weiß es nicht. Aber Jared Parker hat zumindest damit begonnen, die Fragmente meines Seelenlebens neu zu ordnen. Ich weiß nicht, welches Mosaik dabei entstehen wird, und ich weiß nicht, wohin mich dieser Roadtrip mit ihm führen wird. Er streckt seine Hand nach meiner aus, ohne zu zögern, nehme ich sie. Ich weiß nicht, wie lang es dauern wird. Und ich weiß nicht genau, wo unser Ziel ist. Aber ich werde eines Tages dort ankommen. Mit Jared.

Danksagung

Ein großes, dickes und herzliches Dankeschön an die Leute, die sich mit mir auf die Reise nach Oceanside gemacht haben. Da ich unter Flugangst leide, war es schön, so viele Hände halten zu können!

Ally Taylor, mein *partner in crime*, meine erste Anlaufstelle, wann immer ich Lynn mit einem Teppichmesser bedrohen wollte.

Danke für stundenlange Telefonate, beste Eber, für deine Motivation und die Pinguine in der Küche. Ohne dich wäre Oceanside nur ein weiterer Ort ohne Herz und Seele.

Kora, meine Ellen Degeneres, mein Champion und meine Blitzleserin. Danke für deine Barzahlung in Worten, die mehr wert sind als Gold.

Stonewall, ohne einen General wie dich wäre ich auf dem Schlachtfeld der Worte verloren gewesen. Danke für eine weitere gemeinsame Offensive! Ich salutiere, die Musik dazu denkst du dir.

Euch Leserinnen und Lesern bin ich ein großes Dankeschön schuldig! Ohne euch wäre ein Abenteuer wie dieses nichts wert. Ich weiß nicht, wie viele von euch mitgekommen sind, wie viele sich in Oceanside wohl gefühlt haben – und wie viele wiederkommen werden. Aber ich hoffe, wir sehen uns auf den Buchseiten bald wieder.

Und last, but not least: Ein großes Dankeschön an meinen *leading man*, der mir Buchaffären mit meinen Protagonisten verzeiht und mich daran erinnert, in Oceanside Sonnenschutz zu tragen. 831.

Gute Nacht, Oceanside, wo immer ihr gerade seid.

Spannend, intensiv, fesselnd – ein prickelndes Lesevergnügen

COURTNEY COLE

IF YOU STAY – FÜREINANDER BESTIMMT

Die junge Mila ist Künstlerin und überzeugter Single. Das ändert sich, als sie Pax kennenlernt, der auf den ersten Blick kein Traummann ist: tätowiert, knallhart und mit schlechtem Benehmen. Doch ausgerechnet er bringt in Mila eine Seite zum Schwingen, die sie vorher nicht kannte ...

IF YOU LEAVE – NIEMALS GETRENNT

Madison führt seit dem Tod ihrer Eltern das Familienrestaurant, was all ihre Zeit beansprucht. Daher spielen Männer für sie keine Rolle. Doch dann tritt Gabriel in ihr Leben und verändert alles. Aber beide haben in der Vergangenheit schwere Zeiten durchlebt. Können sie diese mit Hilfe des anderen überwinden?

BEFORE WE FALL – VOLLKOMMEN VERZAUBERT

Nach außen hin führt Dominic ein beneidenswertes Leben: Dem gefeierten Jungschauspieler liegt die Frauenwelt zu Füßen. Doch innerlich ist er gelähmt, tiefe Gefühle lässt er nicht zu. Das ändert sich, als er Jacey kennenlernt, deren Kraft ihn schwer beeindruckt. Aber auch sie hat Narben auf der Seele. Werden die beiden einander heilen können?

UNTIL WE FLY – EWIG VEREINT

Als Ex-Soldat Brand in seine Heimatstadt zurückkehrt, muss er sich wohl oder übel der Vergangenheit stellen, vor der er vor Jahren geflohen ist: Seiner Mutter, die ihn nie geliebt hat – und der jungen Nora, die sich seit der Highschool nach ihm verzehrt. Noras feuriges Temperament überwältigt Brand, doch sie hat ein dunkles Geheimnis, das ihrer beider Liebe zu zerstören droht.

KNAUR

RACHEL VAN DYKEN

GAMES OF LOVE – BITTERSÜSSE SEHNSUCHT

Kacey und Jake sind zusammen aufgewachsen, doch auf dem College brach der gutaussehende Frauenheld ihr das Herz. Trotzdem haben sie es geschafft, Freunde zu bleiben. Nun bittet er sie, sich als seine Verlobte auszugeben, denn Jakes energische Großmutter fürchtet um seine Zukunft. Kacey lässt sich auf das Spiel ein. Doch als sie das Wochenende bei seiner Familie verbringt, trifft sie auf seinen Bruder Travis, der eine unwiderstehliche Anziehung auf sie ausübt.

GAMES OF LOVE – UNENDLICHES VERLANGEN

Eigentlich hat Charlotte genug von Jake, nachdem der sie nach einem One-Night-Stand sitzenließ. Doch als sie ihn zufällig wiedersieht, hat sie unwillkürlich Schmetterlinge im Bauch. Das kommt Jakes resoluter Großmutter gerade recht, denn sie will seinem Lotterleben ein für alle Mal ein Ende setzen. Sie mag Charlotte und zwingt ihn, mit dieser zur Hochzeit seines Bruders zu gehen. Jake, der die kecke junge Frau nie vergessen hat, verfällt schon bald ihrem Charme. Aber Charlotte ist nicht so schnell bereit, ihm zu verzeihen.

KNAUR